O HAITI DE Jean

O HAITI DE Jean

Cassiana Pizaia
Rima Awada Zahra
Rosi Vilas Boas

Ilustrações de
Angelo Abu

© Editora do Brasil S.A., 2019
Todos os direitos reservados
Texto © Cassiana Pizaia, Rima Awada Zahra e Rosi Vilas Boas
Ilustrações © Angelo Abu

Direção-geral: Vicente Tortamano Avanso

Direção editorial: Felipe Ramos Poletti
Supervisão editorial: Gilsandro Vieira Sales
Edição: Paulo Fuzinelli
Assistência editorial: Aline Sá Martins
Auxílio editorial: Marcela Muniz
Supervisão de arte e editoração: Cida Alves
Design gráfico: Carol Ohashi/Obá Editorial
Editoração eletrônica: Samira de Souza
Supervisão de revisão: Dora Helena Feres
Revisão: Sylmara Beletti e Elis Beletti

Dados Internacionais de Catalogação na Publicação (CIP)
(Câmara Brasileira do Livro, SP, Brasil)

Pizaia, Cassiana
O Haiti de Jean / Cassiana Pizaia, Rima Awada Zahra, Rosi Vilas Boas ; ilustrações de Angelo Abu. – São Paulo : Editora do Brasil, 2019.– (Mundo sem fronteiras)
ISBN 978-85-10-07157-4
1. Haiti - História - Literatura infantojuvenil 2. Haiti - História - Literatura juvenil 3. Imigrantes haitianos 4. Terremotos - Haiti I. Zahra, Rima Awada. II. Boas, Rosi Vilas. III. Abu, Angelo. IV. Título. V. Série.
19-24839   CDD-028.5

Índices para catálogo sistemático:

1. Haiti : Literatura infantojuvenil   028.5
2. Haiti : Literatura juvenil   028.5

Iolanda Rodrigues Biode - Bibliotecária - CRB-8/10014

1ª edição / 6ª impressão, 2025
Impresso na A.S. Pereira Gráfica e Editora Ltda

Avenida das Nações Unidas, 12901
Torre Oeste, 20º andar
São Paulo, SP – CEP: 04578-910
Fone: + 55 11 3226-0211
www.editoradobrasil.com.br

"– [...] por que o senhor pinta sempre paisagens tão verdes, tão ricas, árvores vergadas pelo peso de frutas maduras, pessoas sorridentes, enquanto em torno do senhor só há miséria e desolação?

Um momento de silêncio.
– O que pinto é o país que sonho.
– E o país real?
– O país real, senhor, não preciso sonhá-lo."

Dany Laferrière, em *País sem chapéu*

Aos meninos e meninas do Haiti que plantaram aqui suas histórias para um dia colher esperança.

A frutaria da rua ficava quase em frente ao campinho de futebol, em meu caminho para a escola. Naquele dia, enquanto mamãe conversava com o dono da loja, eu sentei no meio-fio para ver os meninos jogarem. O homem de agasalho estava lá também. Ele treinava os meninos todas as tardes. Acho até que já tinha me visto porque eu sempre parava uns minutos para ver o jogo depois de sair da biblioteca.

Os jogadores tomavam água fora do campo. Tinha acabado o primeiro tempo. Estava distraído, olhando para eles, quando vi o instrutor atravessando o campinho em minha direção.

— Precisamos completar o time. Você joga, garoto?

Eu fiquei paralisado. Se tivesse tempo para pensar na resposta, como nas provas da escola, acho que teria respondido algo como "não sei mais". Mas eu não tive tempo para pensar e falei rápido:

— Sim.

O jogo recomeçou. Logo, nosso zagueiro roubou a bola e passou para o atacante. Dois zagueiros se aproximaram dele. Aproveitei que ninguém prestava atenção em mim e abri espaço na lateral esquerda. Recebi a bola, chutei de volta para o atacante e corri para a área. Ele passou rápido por dois meninos. O goleiro se adiantou. A bola voltou para mim. O gol estava livre. Chutei. Ela subiu, fez uma curva e estufou a rede no ângulo.

— Gooooool — os meninos gritaram e correram em minha direção.

Eu fiquei parado olhando para o gol, quase não acreditava. Depois que a gente vive muitas coisas ruins, acaba duvidando que coisas muito boas podem ocorrer de verdade. Eu sentia o coração bater forte, parecia que meu peito ia explodir. Os meninos me abraçaram, comemoraram.

Já voltando para o meio de campo, eu ouvi:

— Jean!

Olhei para calçada. Vi mamãe lá, o sorriso no rosto, o polegar para cima em sinal de positivo. "Consegui o emprego", pude ler nos lábios dela. Eu sorri também. E, sem me incomodar com os outros meninos, levantei o punho, como se só agora estivesse comemorando o gol.

Então, o treinador apitou e o jogo recomeçou. Um garoto passou a bola para outro, os demais correram atrás. A bola chegou no meu pé direito, eu olhei para frente, preparei o drible. Da beira do campo, eu ouvi mamãe gritar:

— Vai, Jean!

Eu fui. Por um momento, disparando em direção ao gol, eu me senti de novo no campinho de terra em Bel Air, numa tarde tranquila como aquela, antes do pior dia da minha vida.

• • •

Disseram que durou menos de um minuto. Mas eu não sei. Quando fecho os olhos, é como se o tempo tivesse parado. Entre "o antes" e "o depois" daquele 12 de janeiro, ficou um buraco grande e fundo que ninguém conseguiu fechar até hoje.

Ir à escola no Haiti foi no tempo de "antes", quando eu podia assistir às aulas todos os dias. Nem todos os meus amigos de Bel Air, o bairro onde eu morava, podiam estudar porque os pais não tinham dinheiro para pagar a taxa. Então, prestar atenção na professora e aprender tudo direitinho era uma coisa muito valiosa para mim e para minha família.

Lembro da última vez em que sentei nos bancos de madeira junto com meus colegas de classe. Terminei uma lição de Matemática e olhei pela janela. Eu gostava muito daquela vista e sempre tentava sentar na carteira encostada na parede para poder olhar quando tivesse vontade.

Eu vi as árvores verdes entre os telhados, um tapete gigante verde e cinza que se estendia até perto do porto. Tinha ido até lá algumas vezes e não achei um lugar bonito. Havia muita sujeira na areia e o cheiro era bem ruim. Mas, da janela, eu só via o mar azul. E, depois dele, as montanhas altas no horizonte.

A chuvinha da madrugada havia limpado o ar da fumaça cinza que quase sempre embaçava a vista e me fazia tossir. Era janeiro e, nessa época, não costuma chover muito em Porto Príncipe. Mas, naquele dia, a paisagem estava clara e limpa e eu pude respirar bem fundo. Bel Air. Gostaria que meu bairro fosse sempre assim. Parecia que a manhã fresca e tranquila entrava em meus pulmões, a última daquele tempo de "antes".

Gosto de pensar que meu país tem o nome daquela paisagem. Haiti, na língua do povo que viveu aqui antes da chegada de espanhóis, franceses e africanos, significa "lugar montanhoso" ou "terra das montanhas altas". Quando os conquistadores franceses chegaram, deram o nome de Santo Domingo para nossa terra, mas os haitianos que lutaram para libertar nosso povo preferiram o nome antigo: Haiti. Terra das montanhas altas é muito mais bonito, não é?

Minha mãe diz que essa terra já foi mais verde e fértil. Hoje, todas as colinas da cidade são cobertas por casinhas pobres e feias, feitas de alumínio, pedras e todo tipo de restos. Em volta, depois que a cidade acaba, tem muita terra seca, que não serve para nada.

Eu sei disso porque, uma vez, fui com mamãe para a República Dominicana.

A República Dominicana é o único lugar fora do Haiti onde podemos chegar por terra. Nós e os dominicanos dividimos uma grande ilha, chamada Hispaniola, que fica na América Central. Nossos outros vizinhos são o Oceano Atlântico e o Mar do Caribe.

Cristóvão Colombo chegou aqui em 1492. Depois dos espanhóis, vieram os franceses. Os dois países brigaram por nossa terra e acabaram dividindo a ilha em duas. É por isso que as pessoas que vivem na República Dominicana falam espanhol e nós falamos francês. No Haiti, nós também falamos o crioulo, uma língua que nasceu da mistura do francês com os idiomas africanos trazidos pelos africanos escravizados.

Pois, da estrada para Santo Domingo, a capital da República Dominicana, eu via um caminho de rio no meio de toda aquela terra poeirenta onde não corria nem uma gota de água.

— Quando eu era criança, esse rio era cheio de peixes — contou minha mãe — e havia muitas plantações de frutas e verduras em volta dele.

Minha mãe cresceu numa fazenda perto de Porto Príncipe. Como os pais de muitos amigos meus, ela veio para a cidade quando as plantas pararam de crescer e dar frutos.

— O que aconteceu, mãe?

— Envenenaram a água com agrotóxicos, Jean, e cortaram as florestas onde ficavam as nascentes. A terra cansou de ser explorada e morreu — disse ela.

Cansou de ser explorada... Sempre lembro daquelas palavras de mamãe. Às vezes penso que nós, haitianos, também estamos sofrendo como aquele rio e aquelas terras. Deve ser por isso que a vovó e meus tios, irmãos da minha mãe, foram embora para os Estados Unidos.

Aquela viagem para a República Dominicana era para dar adeus. Lembro do aeroporto lotado de haitianos, das malas enormes, dos abraços que demoravam uma eternidade. Todo mundo tinha parentes morando fora do país.

— Fique tranquila. Logo eu consigo trabalho e começo a mandar o dinheiro — ouvi um homem falando para uma moça, perto de mim, que não parava de chorar.

Era por isso que eles partiam. Para conseguir trabalho e mandar dinheiro para os que ficavam. Muitas famílias dependiam das remessas para pagar o aluguel, a escola, o médico. Não tem quase nada de graça no Haiti. E também não tem trabalho para todo mundo ganhar dinheiro e pagar todas as coisas.

Isso era antes. E ficou muito pior depois.

• • •

Eu sempre pensei que fosse um menino de sorte.

Meu pai e minha mãe tinham uma pequena mercearia em que vendiam todo tipo de coisas: comida, bebida e produtos para casa. Isso, em Bel Air, que é um bairro muito pobre mesmo, é ter bastante coisa. Meu pai não precisava sair do Haiti para ganhar dinheiro como os pais da maioria dos meus vizinhos. Vivíamos todos juntos numa casinha que ficava nos fundos e eu ajudava na mercearia.

Aquele dia começou como todos os outros. Não tinha muita coisa diferente para se fazer no meu bairro. Eu voltei da escola e encontrei mamãe no caixa, como sempre, atendendo uma cliente. Perguntei por papai. Havíamos combinado de jogar futebol no campinho de terra no fim do dia.

— Ele está no quartel, foi falar com os capacetes azuis — ela respondeu sem me olhar, ocupada em embrulhar as compras da cliente.

Estava normal. Ocupada como sempre, mas normal. Se soubesse de alguma coisa, acho que teria me contado. Mas ela não sabia. Ninguém sabia. Acho que nem mesmo os capacetes azuis.

Os capacetes azuis são soldados, mas não do tipo de soldados que lutam nas guerras. Eles vieram de outros países para o Haiti depois do golpe que derrubou o presidente Jean-Bertrand Aristide em 2004. Papai me disse que foi um tempo difícil. Havia muitas gangues nas ruas, pessoas ruins que machucavam as outras e roubavam lojas como a nossa.

Meu pai explicou que esses soldados faziam parte da Minustah, Missão das Nações Unidas para a Estabilização do Haiti. "As Nações Unidas", ele disse, "são uma organização internacional que ajuda pessoas e países com problemas. Como o Haiti". E o maior problema das pessoas no Haiti era conseguir comida.

Eu cheguei ao quartel suando de tanto calor. Papai estava conversando com um soldado alto, vestido com roupas de camuflagem, e nem percebeu quando eu cheguei perto deles. Não consegui entender muita coisa. O soldado falava mal a nossa língua e papai não sabia falar a dele. Mas eu já conhecia aquele homem e sabia que seu nome era Marcelo. Como a maioria dos capacetes azuis, Marcelo era brasileiro. E os brasileiros, eu também já sabia, falam português.

Os soldados eram diferentes de nós, muitos eram brancos, falavam idiomas diferentes e tinham armas presas no uniforme verde. Mas tinha uma coisa de que eu e Marcelo gostávamos igual: futebol. Quando o vi pela primeira vez, ele estava ajudando a pintar uma rua de verde e amarelo. Ia ter jogo da Copa do Mundo e todo mundo torcia para a Seleção Brasileira.

Pensei em perguntar sobre o time, mas papai não gostava que eu interrompesse as conversas dele. Então continuei quieto, parado, suando no sol. Havia vários soldados por ali e outras pessoas também. Comecei a prestar atenção naquele movimento todo e vi que o pátio estava cheio de mulheres.

Muitas esperavam numa fila muito comprida em frente a uma tenda grande e escura. Outras saíam de lá com pacotes na mão. Arroz, feijão, farinha. Entendi que estavam distribuindo comida para as pessoas muito pobres. A maioria das pessoas era pobre em Porto Príncipe. Mas aquelas eram mais pobres que todas as outras.

Meu pai continuava ali, conversando com Marcelo. Minha mãe trabalhava lá no caixa da loja. Quase podia vê-la arrumando as prateleiras ou procurando um produto para um cliente que havia acabado de receber dinheiro do exterior. Sim, eu era mesmo um menino de muita sorte. Meu pai não precisava ir embora. Minha mãe não precisava ficar na fila da comida.

Depois de um tempo, Marcelo percebeu que eu estava ali.

– Tudo bem com você, garoto? – perguntou num francês esquisito. – Tenho uma coisa para você – ele continuou, enquanto remexia nos bolsos do uniforme. – Para deixar seu dia mais doce – falou de novo, e estendeu para mim uma bala, verde e redonda.

    Voltei contente para casa, ao lado de papai, sentindo o gostinho doce da bala de menta de Marcelo, meu amigo de capacete azul, que gostava de futebol.

    Eu lembro de tudo isso muito bem. Aquelas pessoas, o soldado, a mercearia, meus pais, a escola. Tudo sempre volta em detalhes na minha cabeça.

    Todo mundo lembra onde estava e o que fazia nas últimas horas do tempo de "antes". Foi o assunto mais comum em Porto Príncipe por muitos meses. Acho que é porque aquele dia nunca acabou de verdade.

    Faltou o entardecer tranquilo, quando o calor diminuía e as pessoas saíam para conversar nas calçadas. Faltou o arroz com feijão na mesa. O beijo de boa-noite da minha mãe. A luz das estrelas entrando pela janela do quarto.

    Todo esse pedaço do dia ficou faltando. Acho que é por isso que minha cabeça sempre volta para aquele momento. Quando tudo ficou escuro e a vida que eu tinha antes desapareceu.

• • •

    Depois que voltamos do quartel, papai ficou trabalhando na mercearia. Mamãe me levou para casa para almoçar e preparou um prato grande de arroz e feijão quentinho. Depois, abriu um abacaxi, a fruta de que eu mais gosto na vida. Quando estávamos terminando de comer, chamaram no portão.

— Marie, Marie!

Olhei pela janela aberta e vi que era minha tia Dominique, irmã mais nova de minha mãe, com o bebê no colo. Meu primo Louis tinha vindo com ela e corri para abrir a porta. Eles moravam bem longe da nossa casa e sempre chegavam na hora do almoço ou do jantar.

Minha mãe fez mais dois pratos de arroz com feijão e colocou na mesa. Eles comeram rápido. Depois, as duas começaram a conversar. Minha mãe gostava muito de tia Dominique e os encontros delas eram sempre muito animados. Mas, dessa vez, falavam baixo, como faziam quando o assunto era daqueles que criança não podia escutar.

— Vão brincar lá fora — mamãe mandou.

Fazia tempo que eu não via meu primo. Louis tinha a mesma idade que eu e a gente costumava jogar bola na rua e no quintal. Desde que meu tio José viajou para os Estados Unidos, há alguns meses, Louis andava meio desanimado. Não falava muito e se cansava bem rápido de brincar.

Louis dizia sempre que o pai ia conseguir trabalho rápido, juntar dinheiro e mandar as passagens para ele e a mãe. Eu não queria ficar longe do Louis, mas sabia que seria bom para a família dele, então torcia para que tudo desse certo. Mas o tempo passava e meu primo continuava morando em Porto Príncipe, aparecendo de vez em quando na hora do almoço.

Terminamos de comer o abacaxi no quintal e fomos jogar futebol no chão de terra. Louis era bom de bola e sempre dava trabalho passar por ele e acertar o gol, marcado com duas pedras grandes, perto da parede.

Naquele dia, o calor estava muito forte; paramos para tomar água e molhamos a cabeça na água da torneira. Ficamos quietos por um tempo sentindo o frescor da água escorrendo no rosto.

— Chegou uma carta do meu pai, ontem — ele falou.

— E aí, como ele está? — perguntei.

— As coisas não estão muito boas por lá. Ele está com medo de não conseguir ficar. O governo dos Estados Unidos está deportando muitos haitianos.

Deportação. Esse era o maior medo dos haitianos que tentavam morar fora do país. Todo mundo sabia o que era. O governo americano colocava as pessoas sem documentos no avião e elas tinham de voltar para o Haiti. O pior é que todo o dinheiro que haviam juntado durante muito tempo ficava perdido.

Louis disse isso olhando para os pés. A água tinha feito marcas no chão empoeirado, e ele começou a cutucar a terra. Desenhou um círculo, fez pernas e braços. Depois ficou quieto, olhando a figurinha.

Eu me levantei e chamei meu primo para jogar de novo, mas ele disse que estava cansado, que preferia entrar em casa. Era bem diferente do Louis de antes, que corria atrás da bola a tarde inteira sem reclamar nenhuma vez. Fiquei pensando se ele estava doente, ou algo assim. Eu ainda não sabia que a tristeza também se manifesta no corpo da gente.

Depois que Louis e minha tia foram embora, minha mãe voltou a trabalhar e meu pai foi fazer compras. Em Porto Príncipe, quase todo mundo compra verduras e frutas das *Madan*

Sara, as mulheres que trazem alimentos das fazendas e vendem nas ruas da cidade. Mas se você quer encontrar muitas coisas, precisa ir à feira, onde tem muitas *Madan Sara* e outros comerciantes vendendo comida, bebida e roupas de todos os tipos.

Vi meu pai subindo no *tap-tap*. A caminhonete era azul e na carroceria, onde as pessoas se sentavam, havia muitos desenhos coloridos de amarelo, vermelho e verde. Nem todos os carros de transporte em Porto Príncipe eram enfeitados, mas havia alguns ainda mais bonitos, com figuras de pessoas, frases escritas e um monte de detalhes. Os turistas adoravam tirar fotos deles.

Aquele *tap-tap* colorido estava lotado como sempre. Meu pai partiu em pé, se segurando na grade. Antes que o carro virasse a esquina, consegui ler a palavra *Bienvenue* escrita na lataria, entre estrelas e retângulos.

• • •

Eu gostava de ir à feira com meu pai, mas daquela vez fiquei em casa porque tinha prova no dia seguinte.

— Vai estudar, Jean — minha mãe falou, antes que eu tivesse a ideia de fazer qualquer outra coisa.

Eu costumava estudar nos fundos da mercearia. Havia um degrauzinho em frente à porta que dava para o quintal, e eu gostava de me sentar ali. Era tranquilo e minha mãe podia ficar de olho em mim, como ela dizia. Eu via as estantes cheias de produtos, os corredores estreitos que levavam até a frente da loja e, lá na frente, o movimento na rua.

Apoiei o livro de Francês nas pernas e comecei a estudar. Não era uma lição fácil e passei bastante tempo ali, lendo e fazendo os exercícios. De vez em quando, levantava para ajudar mamãe com alguma cliente e voltava para o mesmo lugar. Quando já estava terminando, percebi algo estranho. As letras pareciam se mexer na página, embaralhadas.

No início, pensei que estivesse com tontura por causa do calor. Balancei o livro para fazer um ventinho no rosto, mas a sensação não passou. Eu pensei em chamar minha mãe, dizer que estava passando mal, e olhei para a loja procurando por ela.

Então, algo me chamou a atenção no teto. A luminária pendurada por uma corrente fina balançava levemente de um lado para outro. Fiquei olhando, sem entender o que estava acontecendo. Só desviei os olhos quando escutei minha mãe gritando:

— Jean, Jean!

O tom da voz dela me dizia que algo estava muito errado. Levantei logo, mas senti uma tontura. Fiquei quieto, olhei em volta e então percebi: o chão estava se movendo. Dei dois passos e fui jogado para o lado, bati a testa numa prateleira e caí.

O que era aquilo? Minha cabeça doía, mas fiquei em pé o mais rápido que pude. De novo, não consegui andar e segurei numa prateleira com garrafas de água. Parecia que estava dentro de um barco, naquelas horas em que o mar está cheio, com as ondas muito altas. Tentei me segurar e vi minha mãe do outro lado.

— Jean, Jean, vem aqui! — gritava ela de um jeito que nunca gritou antes.

Minha mãe se segurava em alguma coisa, tentando se equilibrar. Entre mim e ela, as estantes de metal tremiam, derrubando mercadorias por todo lado. Dei mais um passo, cambaleando igual bêbado, pisando em latas e pacotes de comida. Quando tentei continuar, senti a pancada nas costas. Caí de novo com o rosto no chão.

Não pude mais me levantar. Sentia o peso da estante de ferro em cima de mim, parecia que a loja inteira estava desabando. Eu coloquei as mãos na cabeça, tentei gritar "mãe", mas acho que não saiu nenhum som, ou então ele se misturou com o barulho das coisas caindo e quebrando, e ninguém escutou. A poeira entrava nos meus olhos e pelo meu nariz. Eu não conseguia respirar direito nem me mexer.

Fiquei ali parado, com o mundo tremendo embaixo do meu peito.

"Vou morrer", pensei.

● ● ●

— Jean, Jean!

A voz de minha mãe parecia vir de muito longe, como se meus ouvidos tivessem acordado antes do resto. Abri os olhos, mas quase não dava para enxergar. Tinha um monte de coisas pertinho do meu rosto e só uma luzinha, bem fraca, lá longe. "Preciso levantar", pensei. Mas as pernas não obedeciam, nem os braços.

— Jean, eu estou aqui, meu filho.

Ela estava bem perto. E saber disso acordou todo meu corpo. Eu precisava sair dali.

— Me ajuda, mãe — consegui falar baixinho.

Ouvi um barulho de ferro torcido. O peso que pressionava meu corpo saiu de cima de mim, as mãos dela me tiraram daquele monte de sujeira, pedaços de madeira, tijolos, latas e comida.

— Temos de sair daqui agora — ela falou, já me levando para fora.

Não sei como minha mãe conseguiu me carregar no meio das estantes caídas e de toda aquela confusão. Eu já era um menino grande, mamãe não era tão forte assim, fazia muito tempo que não me pegava no colo. Mas logo eu estava do lado de fora, sentado no asfalto. Ela me apertava forte, me protegendo do mundo que ruía a nossa volta.

• • •

Quando a terra finalmente parou de se mexer e eu abri os olhos, não consegui ver muita coisa. Por uns minutos me lembrei daqueles dias em que a cidade parecia amanhecer dentro de uma nuvem. Mas não, não havia o frescor e a umidade da neblina. A poeira branca que enchia o ar e escondia o contorno das coisas era seca e pesada.

Comecei a tossir e esfreguei os olhos, mas não consegui enxergar nada direito. Em volta de nós, vultos pareciam cambalear de um lado para outro. Tinham as cabeças, os braços e as roupas cheias daquele pó que cobria as casas, a rua e o ar. Eram como fantasmas saindo dos buracos, das fendas, debaixo das paredes.

Perto de mim, uma dessas figuras embaralhadas pareceu erguer os braços.

— *Jezi* (Jesus), *Bondye* (Deus)! — ela começou a gritar, a voz cheia de choro e dor.

Em pouco tempo, a rua se encheu daqueles sons. Frases sem sentido, gemidos, gritos.

— *Jezi, Jezi* (Jesus, Jesus)!

Por muito tempo, até quando eu já estava longe do Haiti, aquelas vozes desesperadas não saíam da minha cabeça. Muitas vezes, depois de um pesadelo, eu acordava gritando como aquelas pessoas: *"Jezi, Jezi!"*.

Quando a poeira baixou um pouco, olhei para nossa mercearia e ela não estava mais lá. A fachada e as paredes da loja tinham virado um monte de tijolos, telhas quebradas e pedaços de metal retorcido. Normalmente, nossa casa ficava escondida nos fundos do terreno. Agora, atrás de todo aquele entulho, dava para ver a parte que sobrou do telhado se equilibrando entre duas paredes tortas.

Em volta, quase todas as casas dos nossos vizinhos também estavam pela metade, com montes de destroços no lugar em que antes tinha um quarto, um jardim, um quintal. Na rua, toda aquela sujeira se misturava aos postes caídos, aos fios pendurados entre pedras e pedaços de concreto. Não parecia mais o lugar em que eu brincava com os meninos todo fim de tarde. E nunca mais voltou a ser a mesma coisa.

De repente, senti que o chão voltou a tremer. Fechei os olhos, agarrado à minha mãe. Algumas pessoas se jogaram no chão, por cima dos filhos, com as mãos na cabeça. Em meio à confusão, ouvi um barulho diferente. O muro da casa em frente à minha terminava de cair levantando mais uma nuvem de pó.

Daquela vez, o tremor durou menos. Quando a poeira baixou um pouco, vi um homem passando entre os pedaços do muro. Ele levava uma pessoa no colo. Quando chegaram mais perto, reconheci minha vizinha, Rosena, que cuidava de mim, às vezes, quando meus pais precisavam sair e não podiam me levar. Ela estava com uma das pernas coberta de sangue.

— Precisamos de médico, de ambulância, tem muita gente machucada, *Bondye* — dizia Patrick, o marido dela.

Um outro homem, que eu não conhecia, contou que o hospital do bairro também estava destruído, as pessoas estavam tentando tirar médicos, enfermeiros e pacientes que tinham ficado presos embaixo das paredes.

— Mas e a Minustah, os capacetes azuis? Onde estão, *Jezi*?

Eu olhei em volta. Não havia nenhum soldado, nenhum estrangeiro. Apenas os haitianos mexendo nos destroços, levantando pedaços de parede, gritando, chamando, chamando...

A rua foi ficando cheia de pessoas machucadas. Muitos foram deitados no meio da rua. Algumas não se mexiam. Uma moça segurava um pedaço de pano na cabeça. Estava todo empapado de sangue. Era uma cliente antiga de minha mãe, costumava aparecer toda semana para comprar mantimentos. Ela devia estar na loja na hora do terremoto, pensei.

Minha mãe, que tinha ficado muito tempo quieta no meio daquela confusão, sussurrou no meu ouvido:

— Precisamos saber como está seu pai.

Mas como? A feira ficava a muitas quadras da minha casa. Será que ele conseguiu chegar lá? Nós não tínhamos celular e, mesmo se tivéssemos, não ia adiantar porque os aparelhos estavam mudos. Eu sabia disso porque as pessoas comentavam. Nada funcionava em Porto Príncipe. Nem telefone, nem televisão, nem rádio.

— Melhor a gente ficar aqui — disse ela. — Ele vai voltar para casa.

E nós ficamos, por muito tempo. Nenhuma ajuda apareceu. As pessoas pegavam água dos canos estourados para tomar e limpar os ferimentos e reviravam o que sobrou das casas para pegar roupas e comida. Começou a escurecer.

— Onde a gente vai dormir, mãe?

— Não podemos voltar para casa, filho. Os tremores podem derrubar tudo a qualquer momento. É muito perigoso, mas precisamos ir lá para pegar nossas coisas.

Minha mãe chamou Patrick e mais um vizinho, pegou minha mão e me levou por cima dos restos de nossa loja tentando abrir caminho até nossa casa.

Quando chegamos em frente à porta, vi que as persianas das janelas haviam caído, e a parede da frente tinha uma rachadura enorme, que ia do chão até o telhado. Cheguei mais perto e olhei pela fresta. Nossa sala estava toda revirada, com móveis quebrados por todo lado. Uma réstia de luz descia de um buraco no telhado e um monte de coisinhas minúsculas flutuavam dentro dela.

Mamãe me afastou da parede.

— Espere aqui, Jean.

A porta rangeu de um jeito estranho e ela entrou com os dois vizinhos. Eu ouvi o barulho dos passos deles estalando dentro da casa e sentei num monte de tijolos, perto da torneira onde eu e o Louis tínhamos tomado água algumas horas antes. O cano que subia pela parede atrás de mim havia se rompido um pouco acima do chão, e a água jorrava sem parar. Aproveitei para beber um pouco com as mãos e fiquei pensando no Louis. Como estaria ele agora? E o bebê?

Minha mãe e os vizinhos saíram rápido. Os homens trouxeram colchões e minha mãe carregava sacos de plástico grandes e pesados. Ela me deu duas garrafas de plástico.

— Encha com toda a água que puder, Jean.

Eu obedeci, mesmo sentindo ainda muita dor nas pernas e nas costas, e carreguei as garrafas cheias para fora.

Depois de deixar tudo na rua, minha mãe e os vizinhos voltaram e começaram a remexer no monte de entulho em que a mercearia tinha se transformado. Já estava ficando escuro e quase não dava para ver nada. Mas eles ainda conseguiram encontrar algumas latas e pacotes de comida.

Várias pessoas se aproximaram de mamãe. Ela dividiu toda a comida que tinha e me trouxe algumas bolachas. Eu e ela comemos sentados no colchão, abraçados. Em volta de nós, uma rua cheia de gente suja, ferida e cansada.

Quando a minha casa do Haiti ainda existia, a eletricidade só chegava à noite no nosso bairro. Era quando todos aproveitavam para fazer as coisas que precisam de energia. Por isso, mesmo depois que mamãe apagava as luzes, um pouco da claridade da rua entrava pela janela, o suficiente para ver o armário e a cadeira ao lado da cama. Quase sempre eu pegava no sono ouvindo música tocando em algum radinho na vizinhança.

Mas, naquela noite, nenhuma luz se acendeu em Porto Príncipe. Ninguém ouviu rádio nem viu televisão. Sob a luz fraca das estrelas, as casas e os prédios caídos eram apenas sombras estranhas que me lembravam as histórias de terror que Rosena me contava às vezes antes de dormir.

O único brilho vinha do fogo. Depois do fim da rua, pelos lados da escola, as labaredas vermelhas subiam acima dos telhados. Um fogo grande e distante. A escola. Eu ainda não sabia naquela noite, mas nunca mais voltaria a sentar naquelas carteiras e olhar o mar no horizonte de Porto Príncipe.

Até aquele momento, ir para a escola não era algo em que eu precisasse pensar. Ela estava lá, aberta todos os dias, uma parte normal de minha vida. Nem passava pela minha cabeça como seria não ver mais aquele quadro-negro, a quadra de cimento, o grande portão de ferro pintado de verde ao lado do qual a professora nos recebia todas as manhãs.

Mas, naquele momento, eu não pensava em escola. Acho que não pensava em nada mesmo. Perto de nós, alguém acendeu uma fogueira com os pedaços de madeira de uma cerca quebrada. Minha mãe me puxou para perto dela e outras pessoas se juntaram.

Ficamos ali olhando o fogo e ouvindo os outros, que conversavam em voz baixa.

— O Palácio Nacional desabou, ninguém sabe onde está o presidente — falou um homem.

— Não há energia elétrica em lugar nenhum, os feridos e mortos se espalham pelas ruas e ninguém aparece para cuidar deles ou tirá-los de lá — disse outro.

Aos poucos, por aqueles relatos, entendi que os tremores não haviam atingido apenas nossa rua e nosso bairro. A cidade inteira estava desmoronando e a confusão tomava conta de Porto Príncipe. Algumas pessoas diziam que o mundo estava acabando.

Então, uma voz de mulher sobressaiu entre as demais. Aos poucos, os outros pararam de falar. Ela rezava alto, como faziam nos cultos. Outras pessoas começaram a orar também. Eu não via muita coisa, mas podia escutar o coro de vozes.

Alguém começou a cantar, os outros o seguiram, marcando o ritmo com as palmas. Aquele som foi ficando cada vez mais alto e mais forte. Ouvi a voz da minha mãe e comecei a cantar também. Ali, no meio da rua, sem nada entre nós e o céu estrelado, o mundo foi se enchendo de orações e música.

Quando as palmas pararam e as últimas vozes sossegaram, minha mãe disse baixinho:

— Tente dormir, filho. Amanhã seu pai vai chegar.

Foi a primeira de muitas noites em que dormimos na rua. As outras, aos poucos, foram se misturando em minha memória. Uma sequência de momentos apertados em barracas de plástico, conversas misturadas num espaço pequeno, sem luz elétrica, sem móveis, sem paredes.

Mas, daquela primeira noite, eu nunca esqueci.

Eu estava muito cansado, dolorido, e me encolhi sobre o colchão sem lençol, segurando o braço da minha mãe. Fazia muito tempo que não dormia assim, grudado nela. Mas eu nem liguei que já era grande, que sabia ficar sozinho com a luz apagada e tudo.

Mamãe costumava falar muito e fazer várias coisas o tempo todo. Na loja, atendia os clientes, arrumava as mercadorias, varria o chão e ainda olhava minhas orelhas para ver se eu tinha lavado tudo do jeito que tem que ser.

Na hora do almoço, quando meu pai tomava o lugar dela no caixa, mamãe ia para a casa nos fundos. Lavava, picava, mexia a panela no fogão enquanto eu colocava os pratos na mesa. Minha tia diz que ela sempre foi assim. Ainda era uma menina quando começou a ir para o campo na carroceria dos *tap-taps* para comprar verduras e vender na calçada em frente à casinha dos meus avós.

Talvez por isso ela tivesse estudado tão pouco. Só foi à escola até aprender a ler e fazer as continhas. Mas mamãe era muito esperta, sabia colocar preço nas mercadorias e negociar muito bem com os vendedores que sempre queriam cobrar um pouco mais.

Para mim, parecia que minha mãe não parava nunca. Mas, naquela noite, ela ficou bastante tempo imóvel, deitada de costas. Talvez estivesse pensando em meu pai, dormindo em outra rua, longe de nós. Talvez estivesse apenas olhando as estrelas.

Em noites de céu limpo como aquela, muitas vezes ela colocava a cadeira na calçada e ficava conversando com as vizinhas. "Olha quantas estrelas existem, Jean", ela dizia apontando para o céu, quando as pessoas ficavam quietas por um instante antes de começar um assunto novo.

Só que, naquela noite, ela não falou nada e eu adormeci sentindo sua respiração subindo e descendo sob a minha mão.

Não foi um sono bom. Naquela madrugada e nas outras depois dela, o chão voltou a tremer. Ouviam-se choro, rezas, o barulho de construções acabando de cair. Com medo, mesmo as pessoas que ainda tinham casa preferiam passar a noite na rua.

É estranho. A gente se acostuma a se sentir protegido dentro de casa e, de repente, o teto e as paredes começam a nos assustar. Uma pequena rachadura ou um barulhinho de nada já deixa todo mundo apavorado, como se o único lugar seguro fosse a rua, sem nada sobre a cabeça.

Em vários momentos naquela noite, eu senti o chão se movendo de novo embaixo de mim. No começo, no meio do sono, meu corpo parecia boiar num mar ondulado. Depois, aquele oceano se abria de repente, e eu caía numa fenda gigantesca e escura. Eu tentava me segurar em alguma coisa, mas não conseguia e continuava caindo até acordar aos berros, suando, sem saber onde estava. Só me acalmava quando minha mãe colocava a mão no meu peito.

— Fique tranquilo, Jean, está tudo bem.

Mesmo com o carinho de minha mãe, era difícil voltar a dormir. Eu cochilava e acordava de novo, assustado. Mesmo hoje, depois de tanto tempo, ainda tenho esses pesadelos. Quando acontece, tento não chamar mais minha mãe. Apenas me encolho embaixo das cobertas, faço uma oração e espero o medo passar.

• • •

O sol ainda nem havia aparecido lá para os lados do mar, quando despertei de manhã com o motor da caminhonete passando bem perto de nós. Mesmo na penumbra, pude ver que a carroceria estava cheia de gente. Não era um daqueles *tap-taps* coloridos que eu gostava tanto de olhar. Parecia mais um carro usado para transportar material de construção e outras coisas pesadas.

Minha mãe não estava mais ao meu lado e olhei em volta procurando por ela. Poucas pessoas continuavam deitadas nas calçadas. A rua estava lotada de gente indo e vindo. Uma mulher passou rápido, equilibrando uma trouxa grande na cabeça. Duas crianças sem camisa corriam atrás dela. Outras pessoas remexiam nos escombros, talvez à procura de algo para o café da manhã.

A caminhonete passou rápido por nós e só diminuiu a velocidade perto da esquina. Um homem desceu, falou alguma coisa com o motorista e começou a vir na nossa direção. Ele andava devagar e parecia mancar. De longe, parecia ser apenas mais uma daquelas pessoas amarrotadas, sujas e descabeladas que eu via passar o tempo todo indo não sei para onde.

Só percebi algo diferente quando minha mãe, que tinha voltado para perto de mim e abria um pacote de biscoitos, parou o que estava fazendo e olhou para o homem.

— Joseph? — ela não falou muito alto, como costumava fazer quando estava em casa e chamava o meu pai lá na mercearia. Era quase um sussurro, mas eu escutei bem e olhei de novo para o homem.

Era ele.

Com o coração aos pulos, vi minha mãe correndo pela rua, os pés descalços, o vestido amarelo todo sujo, rasgado na altura das costas. Vi os dois abraçados, misturados, imóveis no meio de todas aquelas pessoas em movimento, um único vulto, quase da cor das casas destruídas.

Não sei direito o porquê, mas comecei a chorar. Choro de alívio, de tristeza, de medo, tudo misturado dentro de mim. Mas os meus pais estavam ali, juntos, e, por um momento, nada mais importava.

• • •

Depois de sentar num pedaço quebrado de meio-fio, tomar um gole grande de água da garrafa e comer uns biscoitos, meu pai contou onde estava e como tinha conseguido escapar de ser esmagado.

Eu ouvi aquela história muitas vezes nos anos seguintes. De tanto ouvir, eu consigo imaginar direitinho a confusão dentro do mercado mais importante da cidade. Imagino as mercadorias caindo, as pessoas se empurrando nas saídas, papai correndo entre a multidão.

Só há uma parte que eu tento não imaginar porque fico muito triste. Mas é difícil não pensar nisso. Por que Pierre e o pai dele não conseguiram sair? Queria estar lá para ajudar meu amigo a se levantar como minha mãe fez comigo. Mas eu não estava. Ninguém estava.

Pierre era meu melhor amigo. Mesmo agora, que não o vejo há tanto tempo, tenho saudade das nossas conversas antes da aula, das nossas risadas na hora do recreio, das tardes no Mercado de Ferro.

O Mercado de Ferro era o lugar de que eu mais gostava no mundo. Dava para ver de longe as quatro torres com tom alaranjado envelhecido e o relógio entre elas. Embaixo, bancas de vendedores e ambulantes cercavam os dois grandes pavilhões metálicos, com grades pintadas de azul.

A história do mercado parece aquelas que a gente vê nos filmes. Dizem que a estrutura foi construída na França e deveria servir para uma estação de trem no Cairo, a capital do Egito. Isso há muito tempo, no final do século XIX.

Não sei muito bem por que, mas a estação francesa que deveria ir para a África acabou virando um mercado no centro de Porto Príncipe. Por isso ele é assim, tão diferente das outras construções do Haiti.

Dentro do mercado, vendia-se todo tipo de mercadoria que você pode imaginar. Frutas, verduras, legumes, pimenta, comida pronta, carnes, tecidos, cestos, aparelhos, coisas para casa. Você podia andar o dia inteiro e não ver tudo. O senhor Robert, pai de Pierre, trabalhava em uma dessas lojinhas apertadas, com roupas coloridas penduradas por todos os lados.

Pierre ajudava o pai a atender os clientes, e mamãe, às vezes, me deixava ir com ele para o mercado depois da escola. Nós zanzávamos a tarde toda em meio aos compradores e vendedores. Gostávamos principalmente de ver as lojas de arte e artesanato, com todas aquelas máscaras, estatuetas, talismãs e pinturas de várias cores, tamanhos e estilos inspirados no vodu.

O vodu é uma das religiões oficiais do Haiti, tem origem africana e muitos praticantes. Seus símbolos e rituais aparecem também na arte, na música e nas danças do povo haitiano.

Pierre gostava tanto daquelas imagens que copiava muitas delas nas folhas em branco do caderno da escola. Depois pintava tudo com lápis de cor. Meu amigo desenhava muito bem.

"Quando crescer, vou ser artista e fazer desenhos ainda mais bonitos para vender aos turistas aqui no mercado", ele me disse uma vez, enquanto terminava de pintar uma máscara muito bem-feita. Quando acabou, ele arrancou um pedaço da folha com o desenho e me deu de presente. Por muito tempo eu guardei o papelzinho com a máscara dentro do livro da escola.

Papai contou que conversava com o pai de Pierre na loja quando sentiram o tremor. As roupas começaram a cair dos cabides, mas o senhor Robert não se importou. "Meu filho", falou assustado, e saiu cambaleando pelo corredor cheio de gente que tentava escapar. Meu pai ainda ouviu a voz dele chamando "Pierre, Pierre", em meio aos gritos e ao barulho de coisas caindo e quebrando.

Depois, as lembranças dele se perdem em meio ao tumulto. As pessoas se empurrando para passar pelos portões, crianças chorando, o alívio ao chegar à rua, o desespero para encontrar parentes que ainda estavam dentro do mercado quando parte do telhado caiu.

Papai disse que, na manhã seguinte, ainda tentou encontrar o senhor Robert e Pierre nas ruas em torno do mercado.

– Havia muitas pessoas feridas – contou –, mas eu estava muito preocupado com vocês e acabei voltando para casa assim que consegui lugar na caminhonete.

Durante muito tempo, aquela foi a última notícia que tive de meu amigo. Uma notícia pela metade. Eu gostava de imaginar o pai de Pierre encontrando o filho na loja de arte e o levando para fora do Mercado de Ferro. Talvez eles estivessem em casa, perto do porto. Talvez estivessem como nós, dormindo na rua.

Ou talvez tudo tivesse dado errado. Mas nisso eu não queria pensar de jeito nenhum.

Naqueles primeiros dias, ouvindo as conversas na rua, eu percebi que não era o único a ficar preocupado. Todos nós que havíamos sobrevivido tínhamos amigos e parentes desaparecidos.

Ter notícias de alguém em Porto Príncipe era muito difícil. Apenas os celulares com internet via satélite funcionavam e era difícil encontrar alguém que tivesse um.

Minha mãe não queria sair da frente de casa, esperando que tia Dominique aparecesse, como ela fazia sempre que tinha algum problema. Mas ficava cada vez mais difícil continuar ali, no meio da rua. Os canos estourados começaram a secar. Não havia água, nem banheiro, nem fogão para cozinhar.

Os novos tremores deixavam tudo pior. Mamãe e papai voltaram à nossa casa várias vezes para pegar mantimentos e roupas. Mas, no fim da tarde, o teto desabou de vez e eles não puderam mais entrar.

Ao nosso lado, havia vários feridos. Minha vizinha, Rosena, sentia muita dor nas pernas e não conseguia se levantar. A cliente de minha mãe, que se chamava Micheline, também ficava o tempo todo deitada. Às vezes eu percebia que ela chorava baixinho encolhida embaixo do lençol. As outras mulheres limpavam os machucados com panos e um pouco de água dos canos, mas não havia remédios nem curativos.

— Vou procurar ajuda — falou papai na manhã seguinte — e tentar encontrar um lugar para nós.

Mamãe resolveu ficar para esperar tia Dominique e cuidar das coisas que tínhamos conseguido salvar de casa e do mercadinho.

— Talvez os médicos e soldados estejam lá distribuindo comida e remédios — ela disse enquanto arrumava pacotes amassados de macarrão sobre um pedaço de plástico preto.

Eu e papai seguimos a pé em direção ao centro da cidade. Bel Air não fica muito longe do Palácio Nacional, onde o presidente e os ministros trabalhavam. Eu já havia ido lá muitas vezes. Mas dessa vez o caminho estava muito diferente. Era comum em Bel Air as pessoas construírem uma casa sobre o teto da outra, criando um tipo de prédio muito desajeitado. Agora essas construções pareciam esqueletos com vigas e pedaços de concreto pendurados. Os restos cobriam a calçada e a rua.

Nem a Catedral de Notre-Dame, a igreja mais bonita e importante da cidade, resistiu. Quando passamos por ela, vimos que as paredes e o teto não existiam mais. Apenas os pilares e o altar ainda estavam em pé por trás de um pedaço de fachada rosada. Algumas mulheres com a cabeça coberta por lenços pareciam rezar.

E havia aquele cheiro. Quanto mais nos aproximávamos do centro, mais forte ele ficava. Um odor horrível que lembrava uma mistura de lixo com coisas podres, mas bem diferente daquele cheiro ruim do esgoto que corria pelas favelas perto do cais.

Muitas pessoas que cruzavam por nós usavam um pedaço de pano no rosto, como uma máscara improvisada. Eu puxei a barra da camiseta e tapei o nariz o melhor que pude, mesmo ficando difícil de respirar. Meu pai fez a mesma coisa.

— O que é esse cheiro, pai?

Ele não respondeu. Apenas começou a andar mais rápido, como se estivesse com muita pressa.

Quando viramos a esquina, não pudemos mais continuar. Um homem muito sujo, imóvel e com os olhos fechados, estava deitado de costas na calçada bem na nossa frente. Uma mulher com um bebê no colo chorava, sentada ao lado dele. No início, não entendi direito, mas logo ficou muito claro.

Aquele homem deitado na calçada estava morto. E havia muitos outros. Os corpos estavam enfileirados, cobertos por lençóis, ou ainda descobertos e com os olhos abertos.

Nós ouvíamos falar de mortos, milhares de mortos, por todo o país. "É uma tragédia", diziam todos. Mas acho que foi apenas ali, diante daquelas pessoas, que eu compreendi de verdade o que estava acontecendo. Agarrei o braço do meu pai, tentando não olhar para os cadáveres que surgiam por todo o caminho.

Ainda hoje, tanto tempo depois, não me esqueço do cheiro de morte no ar de Porto Príncipe, dos corpos enfileirados no chão, das pernas e braços que saíam dos escombros.

E eles ficaram ali por muito tempo.

Durante vários dias, não apareceu ninguém para tirar os mortos das ruas. Nenhuma ambulância do governo, nenhuma equipe da Minustah, nenhum soldado com roupa de camuflagem. Onde estavam eles? Por que deixavam as pessoas assim, abandonadas nas ruas?

— Dizem que as equipes de socorro estão no Palácio Nacional, no Parlamento, nos hotéis para estrangeiros — disse um rapaz, que remexia os destroços, procurando alguma coisa.

"E nós? Quem vai cuidar de nós?", pensei, mas não tive coragem de perguntar para ninguém.

Havíamos caminhado apenas duas quadras quando escutamos os gritos.

— Encontrei alguém! Venham, venham!

Olhei para os lados tentando descobrir de onde vinham os gritos e vi um homem em pé sobre um prédio pequeno, completamente destruído. Os andares que desabaram formavam camadas de destroços. Ele parecia jovem, usava uma camiseta azul sem mangas e segurava um lenço contra o nariz.

— Preciso de ajuda, venham! — gritava, agitando os braços.

Só então eu vi os outros. Quatro ou cinco rapazes, que também remexiam nos restos dos outros prédios à nossa volta, correram em direção ao homem que gritava.

— Tem alguém soterrado — meu pai falou baixo, já subindo o monte de escombros. No alto, encontramos, agachado, o rapaz com o lenço chamando alguém embaixo da terra.

— Tem alguém aí, tem alguém aí?

Não sei por quanto tempo esperamos, com as orelhas quase encostadas no chão, que algum som atravessasse as placas de concreto, as vigas partidas, os pedaços de tijolos e telhas. Parecia impossível que alguém conseguisse ficar vivo embaixo de tudo aquilo.

Mas não era. Havia muita gente soterrada por toda a cidade. Nos dias seguintes, ouvimos muitos relatos de pessoas que resistiram durante dias embaixo da própria casa. Sobreviveram tomando a água que escorria pelas frestas, sem comida, dias e dias.

Antes que grupos de resgate viessem, grupos de jovens haitianos procuravam sobreviventes em suas ruas e bairros e salvaram homens, mulheres e crianças. Grupos como o daqueles rapazes.

De repente, um deles fez "Shhhhh" e ficou parado uns instantes, a mão pausada no ar, tentando ouvir algo mais.

— Está aqui, está aqui — ele disse.

Com cuidado, dois outros rapazes o ajudaram a erguer o que parecia ter sido uma porta de madeira. Uma voz de mulher, quase um sussurro abafado, chegou até nós. "Socorro, socorro", escutamos todos. Ela estava viva. Presa há dois dias e talvez machucada, mas viva.

Eu ainda era muito pequeno para ajudar. Fiquei em um canto um pouco distante para não atrapalhar, vendo aquelas pessoas trabalharem com as mãos, sem nenhum tipo de ferramenta.

O sol já estava alto e fazia muito calor quando conseguiram remover tudo o que havia por cima e retirar a menina. Ela era muito magra, parecia pouco mais velha do que eu. Seus cabelos, seu rosto e seus braços estavam brancos de pó, as pernas em posição estranha.

O rapaz que encontrou a garota encostou uma caneca com água nos lábios dela e falou alguma coisa. Ela bebeu e pareceu responder. De onde eu estava, não dava para saber o que disseram. Havia muito barulho em volta. Muitas pessoas tinham se juntado na rua durante o resgate. Uma mulher idosa chorava.

Quando olhei de novo para o rosto sujo da menina, vi que ela estava sorrindo.

• • •

Quando chegamos aos Campos de Marte, minha camiseta grudava nas costas. Eu estava com calor, cansado e com sede.

Nos domingos em que fazia tanto calor assim, mamãe e papai me levavam para brincar naquelas praças, entre as palmeiras altas e as fontes que jorravam água o dia todo.

Os Campos de Marte pareciam um oásis no centro de Porto Príncipe, pelo menos o que eu imaginava ser um oásis. Havia mais árvores lá do que em qualquer outro lugar que eu conhecia.

Sair das ruas estreitas e poeirentas e ver a figura de Nèg Mawon, como falamos em crioulo, sempre me dava vontade de correr e pular. A escultura ficava no meio de uma pracinha redonda, bem em frente ao Palácio Nacional. Ela marcava a entrada do complexo de gramados e avenidas dos Campos de Marte.

O homem de bronze foi colocado ali para lembrar a revolta que acabou com a escravidão e levou à independência do Haiti em 1804. Quem contou isso foi minha professora, Samantha. Quando fomos lá, no quarto ano, ela mostrou os detalhes que eu não havia notado: as correntes quebradas numa das pernas, o facão em uma das mãos e a concha que o homem usava como uma trombeta para chamar os companheiros.

Os franceses que ocupavam a ilha muito tempo atrás trouxeram vários homens e mulheres da África para trabalhar como escravos. E eram muitos mesmo. Nessa época, oito em cada dez moradores do Haiti eram negros, a maioria escravizada.

Mas quando chegamos à praça, eu quase não vi o Nèg Mawon. A escultura estava meio escondida no meio das pessoas sentadas sobre lençóis sujos, entre roupas espalhadas e restos de comida. Uma sacola pesada pendia do braço da estátua e uma criança pequena dormia com a cabeça encostada nas correntes.

Papai e eu desviamos dos colchões, bacias e sacos até chegarmos em frente ao Palácio Nacional.

Antes da destruição, o edifício era muito grande e bonito. Suas paredes altas e grossas, todas pintadas de branco, formavam um imenso U no meio de um gramado sempre verdinho e bem-cuidado.

Mas aquele prédio, o mais importante do Haiti, não era tão forte como eu pensava. A imponente cúpula arredondada havia caído sobre as colunas da frente e o piso superior tinha desabado. Parecia que o teto, todo torto, poderia desabar a qualquer momento sobre as poucas paredes que ainda resistiam.

Havia muitas pessoas em volta do Palácio. Muitas delas montavam abrigos com lençóis, plástico, pedaços de madeira e papelão. Essas tendas improvisadas agora cobriam os gramados onde eu gostava de brincar. Eram tantas que mal dava para ver o verde embaixo delas.

Eu e papai procuramos pelas equipes do governo ou da Minustah, mas não encontramos nenhuma. A única ajuda que chegou foi um caminhão-pipa. Um haitiano, um pouco mais bem vestido que os outros, começou a encher os baldes das mulheres que faziam uma longa fila. Uma delas me deu um pouco de água do balde para beber.

Ninguém ali parecia estar muito melhor do que nós. Mesmo assim, papai achou melhor mudar para os Campos de Marte do que continuar em frente à nossa casa, em Bel Air.

— Lá, estamos isolados, longe de qualquer tipo de ajuda — explicou.

Não era apenas ele que pensava assim. Quando chegamos perto de casa, encontramos o senhor Patrick arrumando colchões e mantimentos em uma caminhonete.

— Vou levar Rosena para a casa dos pais dela na República Dominicana. Dizem que as coisas estão melhores lá. Muita gente está saindo da cidade — disse ele.

Nossos vizinhos partiram antes do anoitecer. Outras pessoas foram embora com eles. Micheline, a cliente de mamãe, também estava na carroceria lotada, com um pano manchado de sangue enrolado na cabeça. Ela também ia para a fronteira em busca de atendimento médico. Foi a última vez que vi todos eles.

Na madrugada do dia seguinte, nós também fomos embora. Ao deixar o que restou da nossa casa levando tudo o que podíamos carregar nas mãos, não senti tristeza nem alívio.

O mais importante, eu já havia aprendido, era sobreviver.

— Para sobreviver, temos de ir aonde for preciso — disse minha mãe — e fazer o que tiver de fazer.

Tentar sobreviver. Acho que foi isso que fizemos nos meses e anos seguintes. Só depois, já longe do Haiti, percebi que, naquele dia, a infância que eu conhecia também havia ficado para trás.

• • •

Papai estava certo. Alguns dias depois, os primeiros estrangeiros começaram a chegar trazendo garrafas de água, alguns remédios, pacotes de biscoitos, chocolates e outros alimentos para matar a fome rápido. Junto com eles, vieram repórteres com câmeras e microfones. Eles gravavam as pessoas disputando aqueles pacotes, porque todo mundo estava precisando muito, mostravam os homens gritando "*dlo, dlo*" (água, água), porque era a coisa mais importante do mundo e era muito difícil de conseguir.

Papai e mamãe montaram uma tenda pequena com um mastro de madeira fincado na terra e um pedaço grande de plástico azul. Embaixo, colocamos dois colchões, um fogareiro velho com uma boca, um saco azul com roupas e um preto com uma panela, alguma comida e outras coisas que tiramos de casa.

Por muito tempo, moramos naquela barraca, na maior praça dos Campos de Marte, perto da estátua de Jean-Jacques Dessalines. Jean é um homem muito importante. Ele nasceu na África e foi escravizado. Depois se tornou um dos líderes da

Revolução Haitiana e o primeiro governante do país depois da independência. Todos que vão à escola aprendem essa história. É por causa dele que eu me chamo Jean, um nome muito comum no Haiti.

Agora eu estava ali, morando ao lado do meu herói, montado em seu cavalo. Mas ninguém estava preocupado com as aulas de História. Não havia escola para ir e, mesmo que houvesse, acho que as pessoas tinham coisas mais urgentes para resolver.

O mais importante era conseguir água e comida. Quando uma equipe de ajuda chegava, eu e outros meninos e meninas logo cercávamos os estrangeiros.

— *Chocolat, chocolat* — pedíamos, porque era a única comida que dava para pedir e eles entendiam. A palavra "chocolate" é muito parecida em muitas línguas, não é?

Também tentávamos ganhar algum dinheiro. A nosso lado, uma mulher mais velha vendia bananas, mangas e laranjas. Minha mãe logo estendeu também um lençol velho no chão em frente à barraca e colocou sobre ele tudo o que tinha conseguido salvar: latas de comida, pilhas, alguns pacotes de feijão.

Mas mamãe não estava tranquila.

Na manhã seguinte, depois de me dar um pedaço de pão seco, ela me abraçou bem forte.

— Vou buscar Louis, tia Dominique e o bebê, fique bonzinho e ajude seu pai.

Ela disse isso, pegou uma bolsa de pano listrada, pendurou no ombro e se foi.

Sempre que mamãe pedia algo, eu costumava obedecer. Mas naquela hora, vendo seu passo rápido se afastando de mim pela avenida cercada por barracas de pano e plástico, eu não consegui fazer o que ela mandou.

A rua estava cheia de gente indo e vindo. O espaço era tão pequeno nas tendas que todo mundo ficava mesmo do lado de fora. Antes que mamãe desaparecesse no meio deles, eu saí correndo pela rua o mais rápido que minhas pernas conseguiam. Fui esbarrando nas pessoas, desviando de crianças pequenas, pisando em cima de um monte de coisas. Alcancei mamãe perto da esquina e me agarrei a ela.

— Eu não quero ficar, mãe. Me leva com você.

Eu não pensava em nada. Só sentia dor, uma dor tão profunda que eu podia fazer qualquer coisa para tirá-la de dentro de mim. Naquela hora, eu não queria ser um bom menino, não queria nem mesmo que ela ficasse contente comigo. Eu só queria ficar bem perto dela. Não importava onde, nem de que jeito.

Não sei se você consegue entender. Eu tinha perdido muitas coisas, mas eu tinha minha mãe. Mesmo que tudo desabasse, que as casas todas caíssem naquelas fendas que eu via no asfalto, eu estaria bem se estivesse com ela. Ela me salvou, ela iria me salvar.

Mas mamãe não mudou de ideia. Ficou séria, tirou meus braços do corpo dela, olhou firme para mim e me mandou ir embora. Eu insisti.

— Não, Jean, é muito perigoso — ela disse, seca, sem nenhuma lágrima. Me afastou de novo, ameaçou até me bater se eu a seguisse e saiu quase correndo, sem olhar para trás.

Eu fiquei ali parado, sozinho, com o gosto salgado na boca e uma fraqueza nos braços, nas pernas.

E senti raiva. Raiva de papai, que não pediu para mamãe ficar. Raiva de Deus, que mandou aquela tragédia. Raiva dos soldados da Minustah, que não vinham ajudar. De ficar sem casa, de morar embaixo de um pedaço de pano, de comer só um pouquinho todo dia, de buscar água no balde de plástico.

E tinha raiva de mamãe, que havia me deixado ali, naquele lugar sujo, fedido, cheio de gente doente, triste e com fome.

Hoje, que já cresci um pouco, acho que entendo melhor. Mamãe tinha medo. Não apenas dos desmoronamentos, dos tiros que começamos a ouvir ao longe à noite, das pessoas que roubavam os mercados para dar comida aos filhos.

Ela tinha medo do que iria encontrar em Cité Soleil, o bairro pobre perto do mar onde morava minha tia e meus primos. Ela tinha medo que as paredes descascadas da casinha de minha tia não tivessem aguentado. E que agora, depois de três dias, mamãe não pudesse fazer mais nada.

Mas nada disso passou pela minha cabeça. Eu estava triste e bravo demais para entender.

• • •

Sem mamãe cuidando de mim, eu me senti muito sozinho. Havia papai, claro. Mas ele tinha muitas coisas para fazer:

esperar nas filas por comida e água, vender as poucas mercadorias que sobraram, amarrar as pontas da nossa tenda que sempre se soltavam quando ventava mais forte.

Ele também passava bastante tempo conversando com outras pessoas. Não do jeito tranquilo que tinha à noite em volta das fogueiras, quando ele até ria como antigamente. Nessas conversas, meu pai ficava muito sério e concentrado. Quando eu me aproximava, ele dizia: "Vai brincar, Jean".

Quando meus pais falavam assim, "vai brincar, Jean", eu sabia que estavam escondendo alguma coisa. Mas eu não me preocupava muito com isso. Os segredos dos adultos costumam ser muito chatos, compridos ou difíceis de entender e quase sempre não me interessavam.

Brincar era um bom jeito de obedecer. Muito melhor, por exemplo, que ajudar na mercearia ou lavar as orelhas.

Eu já tinha visto alguns meninos jogando na calçada de pedras perto da estátua do Nèg Mawon. Eles chutavam uma bola de meia, recheada de trapos e pedaços de plástico. Mas eu não queria jogar. Mesmo que eu tivesse uma bola boa, daquelas que vão bem longe quando a gente chuta forte, e um campo grande com uma rede nova em vez das pedras que serviam de gol. Mesmo assim, eu não tinha vontade.

Então, quando ele me mandou brincar mais uma vez, eu apenas saí de perto e andei entre as barracas e as banquinhas das *Madan Sara*.

Eu sabia que papai não se importava que eu me afastasse um pouco. Embora ele ainda não conhecesse bem a maior parte das pessoas em torno de nós, quase não havia brigas e o acampamento era muito tranquilo.

Cada vez ficava mais difícil caminhar por ali. O número de abrigos tinha aumentado muito desde a nossa chegada e agora estavam quase colados uns nos outros.

Saí do gramado e me aproximei da estátua de Jean. Ele continuava no alto de um pequeno morro, sobre um suporte de mármore preto, cercado por canteiros de flores, firme sobre o lombo do cavalo. Intacto, quando tudo em volta parecia estar desmoronando. Nas grades que o cercavam, camisetas, toalhas e lençóis secavam ao sol.

Subi pela Avenida da Liberdade em direção ao Museu do Panteão Nacional. A porta do museu, na parte mais baixa da praça, parecia a entrada de uma grande toca de coelhos, só que muito maior e mais bonita. Não dava para entrar lá agora, mas eu conhecia as salas iluminadas, com peças do tempo em que os negros eram escravizados e o Haiti ainda era colônia da França.

Eu conheci o museu no mesmo dia em que a professora Samantha nos falou sobre as estátuas da praça. Todas eram de heróis negros. Negros como a maioria do povo do meu país. A professora ensinou que a luta deles foi inspirada nas ideias de liberdade, igualdade e fraternidade da Revolução Francesa. Que foi a primeira grande revolta de africanos escravizados nas Américas. E que devíamos ter orgulho de nossa história.

Eu gostava da professora Samantha. Ela nunca gritava, nem mesmo quando as crianças falavam demais e ela precisava pedir silêncio. Onde ela estaria agora? Diziam que nossa escola estava condenada, que ninguém podia entrar lá. Talvez minha professora estivesse por ali, em algum ponto da praça, e eu conseguisse encontrá-la se procurasse com cuidado.

Subi a rampa ao lado da entrada até a parte mais alta da praça. Sobre o teto do museu, havia um grande lago em forma de círculo com fontes que jorravam água bem alto. Agora o lago estava vazio.

Sentei na mureta e fiquei olhando um menininho que tomava banho nu sobre o fundo de pastilhas azuis. A mãe despejou um pouco da água de uma garrafa na cabeça do garotinho e esfregou com um pedaço de sabão. O corpo dele ficou branquinho de espuma. Depois ela passou um pano úmido para tirar tudo.

A mulher era magra e usava um lenço para prender os cabelos, como minha mãe. Talvez se parecesse um pouco com ela. Mas havia outra coisa. Algo que me fez ficar olhando até que os dois saíram do lago vazio e sumiram entre os lençóis pendurados em volta.

A mulher dando banho no menino parecia uma cena normal, só que fora de lugar. Todo mundo tomava banho dentro de casa. Agora, tinha que ser do lado de fora mesmo. E com um pouquinho só de água.

Pensei que era assim com tudo. Primeiro, as pessoas se assustam. Choram, se desesperam, ficam perdidas, como aquelas mulheres cobertas de poeira branca que andavam de um lado para outro gritando *"Jezi, Jezi!"* na noite dos tremores.

Mas depois, devagar, elas voltam a se mover e vão inventando um jeito novo de fazer todas aquelas coisas de antes

— escovar os dentes, fazer comida, tomar banho, trabalhar, dormir. De um jeito meio torto, tentam fazer tudo dar certo de novo.

O sol já estava muito alto e pequenas gotas de suor escorriam da minha testa. Senti cheiro de comida no fogo. Cheiro de carne cozinhando, de comida conhecida e boa. Meu estômago estava vazio e lembrei que não comia nada desde cedo.

— Quer comer, Jean? — alguém falou perto de mim.

Era uma *Madan Sara* amiga da minha mãe. Ela e outras mulheres mexiam pedaços de galinha dentro de um panelão de ferro. Antes do terremoto, elas cozinhavam em casa e vendiam a comida na rua. Agora tinham de preparar tudo na praça.

Falei "sim" e ela colocou uma coxa grande de galinha e uma banana frita bem amarela sobre um pedaço de papelão. Agradeci. Peguei o papelão com cuidado, saí do tumulto em torno das panelas e procurei um lugar mais calmo para comer.

Diziam que o preço da comida havia aumentado muito em Porto Príncipe. Muitos comerciantes não aceitavam mais o *gourde*, a moeda haitiana, e só queriam dólares. Mas, ali na praça, as mulheres ainda cobravam o mesmo que antes pelo prato de comida. Às vezes, quando a gente tinha muita fome mesmo e nenhuma moeda para pagar, elas não cobravam nada.

Eu estava sentado no meio-fio, em frente ao Palácio Nacional, e sentia o gosto doce da banana na boca quando ouvi:

"O terremoto de 7 graus na escala Richter devastou a capital do Haiti..."

A voz metálica vinha de um radinho de pilha sobre a calçada e tinha aquele tom que todos os repórteres usam para falar as notícias. Um homem baixo, mais velho que meu pai, havia acabado de ligar o aparelho e outras pessoas se aproximaram para ouvir.

"Milhares de haitianos estão feridos ou vivendo em acampamentos improvisados nas praças da cidade. O governo diz que sete mil pessoas foram enterradas em valas comuns. Aviões e soldados de vários países estão chegando com alimentos e remédios ao aeroporto de Porto Príncipe".

Terremoto. Então, foi isso. Eu não sabia o que era escala Richter, mas entendi o que era um terremoto. Os adultos falavam que era uma catástrofe. A situação era tão séria que nem o presidente, nem os capacetes azuis, nem ninguém que estava no Haiti tinha forças para resolver. Torci para que aquela comida que vinha nos aviões chegasse logo. Muita gente já não tinha um prato de comida como o meu.

• • •

À noite, eu contei para papai o que tinha ouvido no rádio. Ele conversava com o senhor Jacques, um homem velho, de barba rala já quase toda branca, que estava acampado, com a mulher, ao lado da nossa tenda.

– Estão falando do Haiti no mundo inteiro – ele comentou.

O senhor Jacques sabia de muitas coisas porque tinha um celular que funcionava via satélite, o único jeito de acessar a internet sem energia elétrica. Era um aparelho grande e pesado, bem diferente desses celulares pequenos que temos hoje. Mas ele conseguia ver as notícias e trocar mensagens com pessoas em outras partes da cidade.

Foi daí que tive a ideia. Eu sabia que o tio de Pierre tinha um aparelho como aquele. Celular era coisa cara e fazer uma chamada custava muito dinheiro. Quando um de nós conseguia mexer em um, contava para todo mundo. "Meu tio me emprestou o celular e eu mandei uma mensagem para minha avó", ele contou, um dia, todo animado. Na época, a avó de Pierre vivia nos Estados Unidos e não falava com ele havia mais de um ano.

Eu me lembrava que o tio de Pierre se chamava Paul. Talvez meu pai tivesse o número dele naquele caderninho de capa vermelha em que anotava os nomes, os números de telefone e o endereço das pessoas. Numa das vezes que entrou em casa antes de ela desabar, ele voltou com o caderninho todo amassado e sujo na mão. Falei com papai. Ele remexeu dentro do saco preto e me entregou o caderninho com a página aberta na letra P.

Fui falar com o senhor Jacques. Ele digitou o número e escreveu rapidinho: "Boa noite, senhor Paul. Sou amigo de Jean, colega de seu filho. Ele pede notícias de Pierre e de seu pai. O senhor pode nos ajudar?".

A mensagem me deixou tão ansioso que nem consegui dormir direito. Pela manhã, assim que nosso vizinho saiu da barraca, fui logo perguntando:

— Alguém respondeu, senhor Jacques?

— Não, Jean, ainda não — ele respondeu.

Uma hora depois, perguntei a mesma coisa. E na hora do almoço também.

— O senhor poderia olhar se chegou mensagem, senhor Jacques? — perguntei mais de dez vezes naquele dia.

À noite, quando eu estava quase dormindo, ele me chamou. Já estava escuro e o brilho da telinha iluminava o rosto do meu vizinho deixando sua boca e seu nariz com um aspecto meio assustador. Na mensagem, estava escrito:

"Boa noite, senhor. Infelizmente, meu irmão Robert não sobreviveu ao terremoto. Ele e Pierre ficaram presos sob as ferragens do mercado. Conseguimos tirar meu sobrinho dois dias depois. Pierre está muito ferido, mas vai ficar bem."

Meu amigo ferido. O pai dele morto.

Desde o terremoto, eu havia visto muitas pessoas mortas, mas nenhuma delas tinha um rosto conhecido. Lembrei o medo que senti quando papai estava fora. Pensei em mamãe, que estava demorando tanto a voltar. E pensei em Pierre.

— Seu amigo está vivo, Jean. Ele vai ficar bem — disse o senhor Jacques.

Sim, isso era bom. Devolvi o celular e pedi:

— O senhor pode perguntar onde Pierre está? Ele digitou outra mensagem e esperou um pouco. Mas não ouvimos nenhum sinal de mensagem chegando.

— Ninguém visualizou. Devem estar dormindo ou ficaram sem bateria ou sem sinal – ele disse. – Vamos esperar.

• • •

Nós esperamos. Esperamos notícias de Pierre, esperamos a volta de mamãe, esperamos os galões de água, os pacotes de comida. O que mais fazíamos por ali era esperar.

Uma tarde, ela voltou.

Eu a vi ainda muito longe, caminhando devagar pela avenida no meio de um grupo de mulheres. Parecia mais magra, mas tinha o mesmo jeito bonito de andar, toda ereta, equilibrando uma trouxa de pano branco na cabeça. Meu coração começou a pular, mas não me mexi.

Às vezes, eu fico pensando. Se não tivesse vindo, se tivesse acontecido com ela o que houve com o pai de Pierre, minha vida seria outra. Talvez eu não tivesse viajado tanto, atravessado montanhas, rios e florestas até chegar aqui. Talvez eu ainda vivesse no Haiti e não estivesse contando esta história. Talvez.

Quando ela me viu, deixou o saco branco no chão e correu para mim.

— Filho – ela disse, e me abraçou tão forte que eu esqueci que ainda estava um pouco bravo, um pouco triste, um pouco com vontade de chorar de novo.

"Filho". Foi só isso o que mamãe disse. E não precisava de mais nada.

Minha mãe tinha conseguido. Quando me soltei dela depois de um tempão, vi que minha tia tinha vindo também. E, atrás delas, eu vi Louis. Somente Louis.

— Onde está o bebê? — perguntei.

Minha mãe baixou os olhos. Tia Dominique correu para nossa tenda. Apenas meu primo olhou pra mim. E os olhos dele disseram tudo.

• • •

A volta de mamãe e a chegada de meu primo melhoraram um pouco minha vida no acampamento. Eu e ele agora andávamos juntos pela praça e conversávamos sobre muitas coisas enquanto esperávamos na fila da água.

Ele contou o que aconteceu na hora do terremoto.

— Eu e mamãe estávamos no quintal e tivemos sorte. Mas o bebê dormia no berço e não deu tempo de tirá-lo do quarto. Mamãe ainda tentou entrar lá, mas uma viga de ferro caiu nas costas dela. Logo depois, a casa caiu inteirinha. Ela ficou muito machucada e muito triste, Jean. Por isso demoramos para vir.

Louis e tia Dominique ficaram na rua por muito tempo até mamãe chegar. Só então conseguiram levar minha tia para um lugar em que estavam atendendo os feridos. Ela tinha vários cortes grandes nas costas, mas agora conseguia andar e cozinhar. Só a tristeza parecia não passar nunca.

Mamãe, então, trabalhava por todos nós. Nossas mercadorias tinham acabado e ela começou a buscar frutas e verduras para vender, como fazia quando era menina. Sem a loja, acabou se tornando uma *Madan Sara* novamente.

Meu pai também ficava muito tempo fora. Às vezes, saía bem cedo e voltava à noite. Levava com ele uma pasta velha de plástico com alguns papéis dentro. Eu sabia que ele estava tentando um jeito de tirar a gente dali.

Uma noite, enquanto comíamos o macarrão fininho que vinha nos pacotes doados, eu perguntei:

— Vamos voltar pra casa, pai?

Meu pai demorou um pouco para responder. Olhou para a mamãe e depois para mim.

— Acho que não vamos voltar para casa, filho.

— Como assim, não vamos voltar pra casa?

— Não vamos. Pelo menos não para aquela casa.

Fiquei quieto por um tempo. Não podia imaginar uma vida inteira embaixo daquele abrigo que ameaçava cair todos os dias.

— E o que a gente vai fazer, pai?

— Vamos embora, filho.

— Embora pra onde, pai?

— Embora para o Brasil.

• • •

Ir para o Brasil não era mais uma novidade em nosso acampamento. A notícia de que o país estava dando visto para os haitianos animou muita gente sem esperança de consertar a vida no Haiti.

Como sempre, todos preferiam ir para os Estados Unidos, onde eles acreditavam que poderiam ter uma vida melhor. Mas conseguir visto para lá ou mesmo para o Canadá e os países da Europa estava cada vez mais difícil.

O Brasil era uma chance de escapar dos acampamentos, da fome, de conseguir trabalho e escola para as crianças. Mas conseguir o visto também não era tão simples.

Papai foi várias vezes até a embaixada do Brasil, que ficava bem longe, mas voltava desanimado.

– Eles só dão o visto para quem já estiver na fronteira. Daqui, não conseguimos nada – ele me explicou.

– E como se faz para chegar lá? – perguntei.

– É complicado, filho. Precisamos sair do Haiti de avião, passar por vários países e atravessar uma floresta muito grande, a maior floresta do mundo.

Uma floresta. Eu nunca tinha visto uma floresta de verdade. Eu já contei que as florestas do Haiti haviam sido derrubadas há muito tempo e eu não fazia ideia de como era atravessar uma.

Acho que pensei tanto nisso que a tal floresta acabou entrando no meu sonho. Mas não foi um pesadelo, com o chão tremendo e pessoas gritando, como eu costumava ter quase todas noites.

Naquele sonho, nossa pequena barraca de plástico não estava mais cercada por outras tendas e pessoas. Do lado de fora, havia muitas árvores gigantes, tão grandes que não dava para ver o fim e o tronco terminava num emaranhado de galhos. Lá no alto, macacos grandes faziam uma barulheira danada. Pareciam querer o pedaço de carne que papai assava numa pequena fogueira. Eu sentia o calor do fogo, o cheiro da carne. E vigiava para que os macacos não chegassem perto da comida.

Eu acordei contente. Atravessar uma floresta não parecia mais uma coisa tão ruim. Podia ser uma grande aventura, como as que a gente vê nos livros e nos filmes. E eu gostava de aventuras.

● ● ●

Semanas depois, papai partiu.

Foi sozinho, apenas com uma mochila nas costas e uma sacolinha com biscoitos e uma garrafa de água na mão.

Ele havia me explicado que a viagem era muito cara. O dinheiro que conseguiu com a venda do que sobrou do mercadinho e as remessas dos nossos parentes do exterior só dava para pagar a passagem e o transporte de uma pessoa.

— Vou conseguir trabalho, alugar uma casa e mandar dinheiro para as passagens de vocês — ele disse.

Desde pequeno, ouvia meus amigos contarem coisas assim. Era sempre a mesma conversa. Os pais iam trabalhar muito e juntar bastante dinheiro para levá-los também. Agora estava acontecendo comigo. "Acho que minha sorte está acabando", pensei.

Eu, papai e mamãe conversávamos dentro da tenda, sentados sobre o lençol. Fiquei emburrado. Dobrei as pernas e resmunguei, com a cabeça enfiada entre os joelhos.

– O tio sempre fala a mesma coisa e o Louis nunca sai do Haiti.

Nos últimos dias, papai estava sempre agitado e não me dava muita atenção. Mas dessa vez ele levantou minha cabeça, olhou pra mim e explicou com a voz bem calma.

– É diferente, Jean. O Brasil não está deportando os haitianos. O governo garante os documentos para entrar e trabalhar. A gente só precisa conseguir o dinheiro para a viagem.

Eu olhei para as paredes de pano, que mal seguravam o vento da noite. Pensei em todas as pessoas em torno de nós sem nenhuma perspectiva de voltar para casa, na falta de comida e de água, na escola que fazia tanta falta. A única coisa que eu podia fazer era acreditar nele.

Antes de papai partir, nós desmontamos a tenda improvisada dos Campos de Marte. Não voltamos a morar na casa antiga, é verdade. Ela estava toda destruída e não tínhamos dinheiro para fazer tudo de novo.

Mas voltamos para nosso terreno em Bel Air. Passamos horas tirando pedaços de tijolos, ferro, cimento e outros destroços de uma parte do quintal mais próxima da rua. Ali, montamos a barraca de lona branca doada pelas equipes de resgate, maior e mais forte que o abrigo antigo.

A barraca tinha dois quartos de dormir, fechados por um zíper, e um espaço para ficar, como uma sala. O fogareiro para cozinhar ficava do lado de fora e papai montou uma espécie de casinha de madeira e pedaços de metal para protegê-lo. Não havia banheiro. Quando precisávamos, usávamos sacos plásticos e jogávamos num terreno que foi destinado para isso. Eu não gosto de contar essas coisas, tenho vergonha, mas era assim mesmo que acontecia.

— Acho que aguenta a temporada de chuvas — disse minha tia, que veio morar com a gente na barraca junto com o Louis.

Depois que papai partiu, a vida ficou parada. Os dias pareciam sempre iguais e, quando é assim, a gente nem percebe que eles estão passando.

Mamãe vendia frutas na praça. Eu e Louis ajudávamos a levar e trazer os produtos, pegávamos comida e enchíamos o barril com a água dos carros-pipa que vinham de vez em quando. Minha tia preparava a comida no fogareiro e lavava as roupas na bacia.

E havia a chuva.

Todo ano, no Haiti, é assim. Por vários meses, chove muito quase todos os dias. Uma chuva grossa, que enche os rios e faz as plantas brotarem e soltarem folhas. Depois a chuva para, e o tempo fica seco por vários meses. No ano seguinte, começa tudo de novo.

Antes do terremoto, eu até gostava da época de chuvas, do ar fresco e limpo depois do temporal. Quando mamãe deixava, eu e Louis jogávamos futebol na chuva. A bola rolava pouco, ficava presa no barro e sempre acabávamos dentro de uma poça-d'água.

Agora não era nada bom. Quando chovia muito, a água entrava por baixo da lona e precisávamos erguer os colchões e apoiá-los sobre as cadeiras para que não ficassem encharcados. Se fosse noite, ninguém dormia.

Do lado de fora, a chuva também deixava tudo pior. A enxurrada inundava as ruas, se misturando ao esgoto que corria em cima da terra. Quando o sol abria, o cheiro ficava insuportável.

Por causa disso tudo, eu e Louis não podíamos ficar muito tempo do lado de fora. Então, minha mãe conseguiu um caderno e nós fazíamos as contas e tentávamos lembrar das lições de francês.

Papai, de vez em quando, mandava notícias. Ele agora tinha um celular e enviava mensagens para o aparelho do senhor Jacques. Uma vez por mês, falávamos com ele pelo telefone. Mas era uma conversa rápida porque os créditos sempre acabavam.

Papai contou que passou por vários países. Pegou avião, carro, ônibus e navegou durante dias num barco pelo maior rio do mundo, o Amazonas. Depois foi para uma cidade grande chamada Manaus. E depois para outra, maior ainda: São Paulo.

Eu falo assim, tudo de uma vez. Mas a cada vez que ligava ou mandava uma mensagem, meu pai contava um pedacinho dessa história. Acho que ele não contava tudo porque passava muito tempo e ele escrevia apenas frases. Coisas como: "Descendo o Rio Amazonas", "Chegamos na fronteira do Brasil", "Estou no alojamento dos padres", "Esperando o visto", "Tirei a carteira de trabalho". Uma vez ele mandou uma foto. Estava dentro de um barco grande de madeira, sentado numa rede. Todos dormiam em redes durante a viagem pelo rio, papai me contou depois.

Eu ficava imaginando tudo o que acontecia naquele tempão em que papai ficava sem escrever. Ele havia viajado muito. Feito muitas coisas. Só a gente continuava no mesmo lugar, levantando os colchões e tomando banho de vez em quando com uma garrafinha de água fria.

Um dia, Louis não quis ir comigo buscar água. Quando o carro-pipa atrasava e a água do barril acabava, nós costumávamos emprestar um pouco do vizinho, no fim da rua. Ele morava sozinho com a esposa e costumava ter um pouco mais de água que nós.

Louis sempre ia comigo. Assim, podíamos trazer dois baldes em vez de um. Mas, dessa vez, ele disse que não se sentia bem.

— Minha barriga está doendo, Jean — falou sem se levantar.

Eu sabia que muita gente estava ficando doente em Porto Príncipe. Mas, na hora, não pensei que fosse nada sério. Dor de barriga é uma coisa que a gente tinha muitas vezes quando comia alguma coisa estragada sem saber.

Mas quando voltei, com um balde pesado em cada mão, ele continuava no colchão com ânsias de vômito. Minha tia contou que Louis estava com diarreia e que sentia muita dor nas pernas, cãibras.

Eu fiquei assustado. Uma sobrinha do senhor Jacques havia morrido uma semana antes. Uma vizinha nossa estava muito mal. As pessoas comentavam que o hospital estava cheio e os doentes não paravam de chegar.

Acho que mamãe ficou mais assustada do que eu porque não quis esperar a noite passar. Com a ajuda da minha tia, ela carregou Louis para fora, parou o primeiro carro que vimos, falou com o motorista e colocou meu primo no banco de trás. Tudo isso muito rápido, do jeito que ela fazia quando decidia alguma coisa importante.

As duas sentaram juntas no banco da frente.

— Vamos para o hospital, Jean — disse mamãe —, cuide de tudo por aqui.

Naquela noite, eu não consegui dormir direito. Minha cabeça girava, ideias ruins entravam nela junto com os sonhos. Diziam que o hospital estava cheio, que só conseguia médico quem pudesse pagar. Minha mãe e minha tia quase nunca tinham dinheiro sobrando. E se não conseguissem atendimento, como a sobrinha do senhor Jacques? O que aconteceria com Louis?

Saí da tenda e me sentei do lado de fora, no banco de madeira que papai tinha feito antes de ir embora. A rua estava quieta e escura. Uma única luz, fraca e amarelada, vinha do poste ainda inteiro que ficava na esquina. Uma família havia montado uma tenda embaixo dele.

"Olha quantas estrelas existem, Jean", a voz de mamãe sussurrou na minha cabeça. Olhei para o céu. Com toda aquela escuridão na terra, ele parecia ainda mais iluminado por milhares de pontos brilhantes.

No dia seguinte, eu tentei fazer tudo certo. Varri o chão, estendi a roupa molhada no arame, cozinhei um pouco de arroz no fogareiro. Também dobrei o lençol e as roupas de Louis. Queria que meu primo encontrasse tudo bonito e arrumado quando voltasse para casa. Assim não sobrava tempo para os pensamentos ruins.

Dois dias depois, eles voltaram. Louis ainda estava fraco, mas parecia melhor.

— O médico falou que ele está com cólera — explicou mamãe.

Fiquei preocupado. Todos tinham medo da cólera. A doença matava, e matava muito rápido. Mas mamãe me tranquilizou:

— Ele vai ficar bem, só precisa tomar soro várias vezes por dia — e me mostrou a garrafa cheia de uma bebida clara.

Lá no hospital, disseram também para mamãe ferver qualquer água que não fosse das garrafas.

— É para matar os germes que causam cólera e outras doenças — ela explicou.

A partir desse dia, ganhei mais uma tarefa. Depois de trazer os baldes, colocava a água no fogareiro, esperava ferver e depois esfriar de novo. Enquanto isso, dava o soro ao Louis e cuidava dele.

Uns dias depois, já sentado comigo no banco do quintal, ele disse:

— Acho que tive sorte, Jean. Vi muita gente morrendo lá no hospital.

"Sim", eu pensei, "ele teve a sorte de ter mamãe por perto". E mamãe sempre dava um jeito em tudo.

Acho que a sorte de meu primo continuou porque, pouco tempo depois, ele recebeu uma notícia muito boa. Meu tio tinha conseguido o visto norte-americano. Ainda era provisório, mas já estava trabalhando e havia conseguido dinheiro emprestado para buscar a família.

Os dois partiram num domingo sem chuva. Minha tia levava tudo o que tinham numa velha mala que encontrou nos escombros da casa de Patrick. Louis estava bem. Estava usando sua camiseta azul bem limpinha, a mais bonita que ele tinha, sem nenhum furo na frente. Parecia contente.

Eu sorri também quando Louis acenou pela última vez, antes de o carro virar a esquina. Eu sabia que ele havia sonhado com aquele momento por muito tempo. Meu primo iria encontrar o pai. Teria casa, roupas, comida boa. Poderia voltar a estudar.

Por isso tudo, eu estava feliz. Mas, num cantinho bem escondido dentro de mim para ninguém ver, eu também estava triste.

Alguns dias depois, o senhor Jacques nos procurou na praça. Havia recebido uma mensagem nova de papai.

Mamãe entregou algumas cenouras para uma cliente, guardou o dinheiro no bolso, esfregou as mãos na saia estampada de bolinhas coloridas e pegou o celular com cuidado.

Papai não era bom com as palavras. Por isso, quase sempre escrevia muito pouco. Mas, na hora, achei que a mensagem era bem comprida porque mamãe ficou olhando para ela por muito tempo. Depois, devolveu o aparelho, sentou na calçada e ficou olhando para a rua. Quando se virou para mim, vi que os olhos dela estavam molhados.

— O que aconteceu, mãe? — perguntei, com um pouco de medo de ter perguntado.

Ela deu um suspiro bem fundo e sorriu de um jeito que eu não via há muito tempo.

— Nós vamos viajar, Jean — ela falou devagar. — Vamos encontrar seu pai.

• • •

Pouco depois, mamãe recebeu as passagens e o dinheiro que papai enviou do Brasil para ajudar nas despesas da viagem. Ela também trocou nossos *gourdes* por alguns dólares.

— Não é muito – disse ela –, mas é o suficiente.

As mensagens curtas no celular do senhor Jacques não me prepararam nem um pouco para aquela viagem. Mamãe também não disse nada, talvez porque não soubesse mesmo. Ou então porque eu estava tão feliz e ela não queria me deixar preocupado.

Por isso, quando colocamos nossa mala velha no bagageiro e entramos no ônibus grande e amarelo, eu não pensei nada de ruim. Estava excitado com todos os lugares diferentes que eu ia conhecer. E pensava em meu pai, nos esperando do outro lado do caminho, em uma casinha linda. Pelo menos era assim que eu imaginava. Meu pai sorrindo e uma casinha parecida com aquela que o terremoto derrubou.

O ônibus estava lotado e quase não dava para passar no corredor cheio de sacolas e bolsas. Mamãe falou alguma coisa para o motorista e me deixou sentar na janela, numa das poltronas do fundo. Ela estava animada também. Puxou assunto com uma passageira do banco ao lado, perguntou da família, para onde iam. O tipo de conversa que eu ouviria muito dali para frente.

O sol começava a esquentar quando saímos do terminal de Porto Príncipe. Das conversas ao meu redor chegavam nomes de muitos lugares: "Chile", "Guiana", "Peru", "Brasil" e outros que eu não conhecia. Para quase todo mundo, aquela era uma viagem só de ida para algum lugar muito longe e melhor que Porto Príncipe.

Mamãe continuava falando, mas eu não prestei mais atenção. O ônibus passava pelas ruas de Pétionville, o lugar onde vivem as pessoas que têm muito dinheiro. Muitas casas grandes ainda continuavam em pé, mas logo que começamos a avançar para as áreas mais baixas, reapareceram o entulho, as construções pela metade, as ruas sujas, os campinhos de futebol ocupados por tendas brancas.

A paisagem seca da estrada era a mesma que eu tinha na memória. Guarda-sóis coloridos protegiam as bancas de frutas na beira do caminho. Depois de uma curva, um mar de tendas coloridas surgiu perto da estrada, seguindo até onde eu conseguia enxergar.

A viagem até Santo Domingo, na República Dominicana, demorou o dia inteiro, mas eu nem liguei. Mesmo chacoalhando na estrada de cascalho, era bom estar dentro de um ônibus bonito, com ar fresco e música animada o tempo todo.

Na hora do almoço, o motorista nos entregou uma bandeja grande com arroz, feijão e salada. Comemos tudo ali mesmo, dentro do ônibus, junto com um copo de refrigerante.

Eu nem lembrava da última vez que tinha tomado um copo de refrigerante.

Quando chegamos ao lago, um lago lindo de águas azuis que fica perto da fronteira, o movimento da estrada começou a aumentar. Havia muitos carros, caminhões pequenos, caminhonetes com cargas grandes na carroceria e muitas pessoas a pé. O ônibus foi andando cada vez mais devagar no meio daquele tumulto. Até que parou.

No lugar em que termina o Haiti e começa a República Dominicana, existe um rio largo onde as pessoas costumam entrar para se refrescar. Ali, os passageiros descem do ônibus, andam um trecho a pé sobre a ponte larga e entregam os documentos para os policiais dominicanos do outro lado.

Essa ponte era muito movimentada por causa do Mercado de Dajabón, que funciona dos dois lados da fronteira, onde se vende todo tipo de mercadoria. Da outra vez que fomos para Santo Domingo, papai e mamãe compraram muitos produtos ali para revender no nosso mercadinho.

Mas dessa vez havia tanta gente lá que nem dava para andar direito. Mulheres com grandes trouxas na cabeça, homens empurrando carrinhos de mão ou grande carroças de madeira, pessoas levando crianças nas costas e tudo o que podiam carregar. Toda essa multidão se espremia para passar ao mesmo tempo pela ponte.

Eu segurei tão forte na mão de mamãe que os dedos chegaram a doer. Do outro lado da ponte, uma fila enorme de haitianos tentava passar pelo posto de controle dominicano. O sol quente queimava meu rosto, eu pensava em como seria bom molhar a cabeça e os pés nas águas frescas do rio. Mas não tínhamos tempo para isso e continuei firme, sem reclamar nenhuma vez.

Depois de horas, os homens de uniforme pegaram nossos documentos, perguntaram algumas coisas para mamãe e nos deixaram passar.

Nem deu tempo de ficar aliviado. Depois do posto, o tumulto ficou maior ainda, com homens abordando minha mãe o tempo todo.

— *Que necesitas, señora?*
— *Llevamos a Quito.*
— *Vas a Brasil?*

Também ofereciam água, comida, roupas. Mamãe seguiu em frente calada, sem olhar para os lados, me puxando pela mão no meio de vendedores, compradores e viajantes.

Quando finalmente voltamos para o ônibus, eu estava muito, muito cansado. Mal vi quando as árvores e matas substituíram os campos vazios do Haiti. Deitei a cabeça no colo de mamãe e dormi o resto do caminho.

• • •

Quando o avião acelerou na pista do aeroporto de Santo Domingo, eu fechei os olhos e segurei com força no braço da poltrona. Era a primeira vez que eu entrava em um avião e fazer uma coisa pela primeira vez sempre dá um frio na barriga, aquela mistura de vontade de ir e medo do que vai acontecer.

O barulho alto do avião trepidando virou logo um som suave e contínuo. Zooooooooom. Fiquei com vontade de abrir os olhos, mas ainda estava com medo. Então, senti minha mãe me cutucando no braço:

— Veja isso, Jean.

Criei coragem.

A luz forte refletia no vidro e tive que proteger os olhos com as mãos. Quando me acostumei com a claridade, olhei para baixo. As casas e prédios se afastavam devagar até virarem telhados bem pequenininhos. Logo, a cidade inteira cabia na minha janela, um conjunto claro, pontilhado de verde, terminando na grande avenida à beira-mar. Depois que Santo Domingo ficou para trás da linha branca da praia, só restou o azul. Um azul grande e brilhante, que parecia colorir o mundo inteiro.

Quando você vive numa ilha, mesmo numa grande como a minha, sempre acaba vendo um pedaço de mar. De longe, como a paisagem da janela da minha sala de aula, por exemplo, ou mais de perto, quando íamos visitar a minha tia perto do cais. Mas se você não tem dinheiro para ir a um *resort*, como os turistas estrangeiros, seu olhar nunca vai muito longe. Acaba topando sempre com um morro cheio de casinhas com teto de zinco.

Lá no alto era diferente. O azul parecia não terminar nunca. E não era um tipo só de azul, do jeito que a gente pinta quando tem apenas um lápis para fazer o céu.

Havia o azul esverdeado perto das areias branquinhas, margeadas por coqueiros; o azul mais claro perto das ilhotas cobertas de verde; o azul forte lá perto do horizonte onde mar e céu se misturavam e ficava difícil saber o que era um e o que era outro. Eram tantos tons de azul que dava para encher uma caixa inteira de lápis só com eles.

Aquela lindeza toda me fez lembrar de Pierre. Se meu amigo estivesse aqui, poderia pintar todas aquelas cores e fazer uma tela mais bonita do que as que os artistas vendiam no Mercado de Ferro. Poderia ganhar dinheiro e ajudar o tio a comprar uma passagem de avião também.

Mas Pierre não desenhava mais. Pelo menos, eu achava que não.

O tio do meu amigo demorou muito para responder à nossa mensagem. Quando respondeu, minha família estava muito ocupada em organizar a vida e a viagem de papai e ninguém podia me levar para visitar Pierre.

Alguns dias antes de viajar, eu o encontrei no Mercado de Ferro. O Mercado era o único edifício da cidade que foi recuperado depois do terremoto. Fizeram uma estrutura nova, pintaram tudo de vermelho bem vivo e colocaram painéis brilhantes no teto para captar a luz solar e produzir energia.

Era domingo e o mercado estava cheio. Pierre tinha crescido bastante, mas ainda era o mesmo menino magricela de olhos grandes que eu conhecia. Ele agora trabalhava com o tio numa banca de frutas no lugar em que, antes, ficava a lojinha de roupas do pai dele.

Meu amigo pareceu feliz em me ver depois de tanto tempo. Mas, quando o convidei, não quis ver as pinturas e máscaras coloridas nem passear pelos corredores do mercado.

Quando ele parou para lanchar, sentamos no chão, encostados numa caixa grande de madeira cheia de abacaxis. O ar tinha o cheiro doce da fruta misturado aos aromas de temperos e frituras.

Eu queria falar sobre o que havia acontecido com ele. Perguntar o que pensou quando estava embaixo das paredes do

mercado. Dizer que sentia muito a morte do pai dele. Contar o que papai me disse após o terremoto.

Mas não tive coragem.

Ficamos calados por um tempo. Depois eu disse, sem olhar pra ele:

— Papai conseguiu o dinheiro para as passagens, Pierre. Vamos viajar para o Brasil na semana que vem.

Meu amigo não disse nada. Achei melhor mudar de assunto e perguntei se continuava desenhando. Ele respondeu rápido, um pouco irritado:

— Não, não tenho mais tempo, tenho que ajudar meu tio.

Depois, falamos de outras coisas. Sobre como o mercado estava bonito e cheio. Sobre a sujeira e os prédios destruídos no resto da cidade. Sobre a escola que não reabria nunca. Conversamos bastante, mas alguma coisa parecia estar fora de lugar, como se o amigo sentado ao meu lado não estivesse ali comigo de verdade.

Na hora de ir embora, Pierre me deu um abraço rápido, desejou boa sorte. Eu andei em direção à porta onde minha mãe me esperava. Ao me virar uma última vez, vi que ele ainda estava lá, olhando para mim. Acenou com a mão e falou bem alto para que eu pudesse ouvir no burburinho do mercado.

— Não esquece de mim, Jean!

As palavras que eu não falei naquele dia ecoavam na minha mente. Muitas vezes, depois que saí do Haiti, eu me imaginava conversando com Pierre no mercado. Eu dizia que tinha pensado nele quase todos os dias após o terremoto, que sentia muito pelo seu pai. Falava também sobre os últimos momentos de Robert. "Ele foi te procurar, Pierre. Ele morreu tentando te salvar".

Atravessando o mar dentro daquele avião que me levava para longe, eu sabia que não podia voltar atrás. "Eu nunca vou me esquecer de Pierre. E nunca vou me esquecer do Haiti", pensei. E embora eu tivesse muita certeza disso, senti meu peito apertar.

● ● ●

Depois de algumas horas, o mar embaixo de nós de repente virou uma terra muito verde, com tantas árvores que nem dava para ver o chão. Depois, surgiram os edifícios, altos e brilhantes como eu nunca tinha visto. Eu não tirava os olhos da janela, fascinado com aquela cidade linda, que parecia brotar no meio do oceano, os edifícios refletidos nas águas calmas.

— Onde estamos, mãe?

— No Panamá, Jean. Daqui a gente pega outro avião para o Equador.

— O Panamá é uma ilha também, mãe? — perguntei, vendo tanta água em torno daquele lugar.

— Não, Jean, o país está no continente.

Muito tempo depois, eu pesquisei sobre esse lugar no computador da escola. Descobri que o Panamá é um país muito pequeno, que fica num lugar importante. Se você olhar o mapa, vai ver uma faixa de terra bem fininha entre as duas partes grandes do continente americano. Essa faixa é a América Central, onde ficam outros países pequenos como Costa

Rica, Guatemala, Honduras, Cuba e a Ilha Hispaniola, dividida pela República Dominicana e o Haiti.

O Panamá é importante porque fica na parte mais estreita dessa faixa. É tão estreita que, muito tempo atrás, construíram um canal para ligar os dois maiores oceanos do mundo, o Atlântico e o Pacífico.

Por isso, e porque o Panamá fica no meio do caminho de muita gente, o aeroporto era muito grande e movimentado. Tão grande que não conseguíamos saber direito para onde ir. Mamãe perguntou muitas vezes, mas ela não compreendia direito o que as pessoas falavam e acabava indo para o lugar errado.

Eu tentei ajudar. Sempre fui esperto para ler e saber as direções. Mas não consegui entender aquelas placas. "Estão escritas em espanhol e inglês", explicou mamãe. No Panamá e em quase todos os outros países da América do Sul, as pessoas falam espanhol. O espanhol é uma língua parecida com a nossa, mas não é fácil de entender de jeito nenhum. E do inglês eu não sabia quase nada.

Estava tão concentrado diante de uma tela grande, cheia de nomes, números e aviõezinhos que pareciam subir e descer, que nem vi quando ela se aproximou de mim.

— Oi, como você se chama? — perguntou a menina, me dando um susto, porque escutar alguém do seu tamanho falando com você em crioulo no meio de todas aquelas línguas estranhas era mesmo para assustar.

Era uma menina bonitinha, parecia ter mais ou menos a minha idade e usava o cabelo todo trançado, do jeito que as mulheres gostam no Haiti.

— Jean — eu falei. E fiquei quieto porque não sabia muito bem como conversar com pessoas que eu não conhecia, menos ainda quando essa pessoa era uma menina e ela me pegava desprevenido.

— Eu sou Dana — ela se apresentou. — Estão indo para onde?

Era a mesma pergunta que mamãe fazia para todo haitiano que encontrava, mas era a primeira vez que alguém perguntava isso diretamente para mim.

— Brasil — falei baixo, ainda sem jeito.

Ela desatou a falar um monte de coisas. Disse que também iam para o Brasil. Tinha saído do Haiti com os pais. Um irmão mais velho já estava no Brasil e esperava por eles.

— Meus pais estão ali, olha — falou, apontando para o casal que falava com minha mãe. E continuou, sem tomar fôlego: — Vamos para o Equador, depois para o Peru e tentaremos entrar no Brasil pelo estado do Acre.

Nossa rota era mais ou menos a mesma. Mas eu só descobri isso mais tarde. Naquele dia, ali no aeroporto do Panamá, Dana já sabia de muitas coisas que eu ignorava.

Ela também conseguia ler as informações das telas e, sem eu pedir, começou a me explicar tudo. Olhou para a passagem em minha mão e apontou na tela grande o nosso voo, que horas iria partir e o número do portão de embarque.

— Vamos pegar esse avião também — ela disse.

Perto de nós, os adultos conversavam de um jeito animado e eu entendi que os pais dela estavam explicando todas aquelas coisas também para mamãe. Depois saímos todos juntos pelo corredor cheio de cadeiras e números como quem sabe com certeza para onde deve ir. Eles mostraram os banheiros, os lugares para comer e nos ajudaram a comprar sanduíches e garrafas de água.

Em frente ao portão de embarque, outros haitianos apareceram. Dois rapazes viajavam sozinhos. Como meu pai, eles planejavam se estabelecer e trazer depois a família. Uma mulher tinha um bebê de colo. Logo éramos um grupo e isso foi muito bom porque a gente se sente mais seguro no meio de pessoas que falam a sua língua e conhecem o lugar de onde você veio.

No avião, trocamos de lugar. Minha mãe sentou-se perto dos pais de Dana na fileira de trás. Eu e Dana ficamos juntos, ela na janelinha porque queria "ver como eram todos os lugares". Eu gostaria de olhar para fora também, mas nem liguei porque estava muito feliz. Tinha uma amiga nova e as viagens são melhores quando a gente tem um amigo para conversar.

Dana entendeu tudo o que o comissário falava, aquelas coisas sobre o que fazer se houver problemas no avião, o que eu espero que nunca aconteça, mas deve acontecer porque eles sempre ficam ensinando a mesma coisa. Depois ela me explicou.

— Vivemos um tempo em Santo Domingo quando eu era menor. Por isso, além do francês e do crioulo, falo e escrevo um pouco de espanhol.

— Por que vocês não voltaram para a República Dominicana? – perguntei. Eu sabia que todos que podiam tinham se mudado para lá.

— Nós tentamos, mas o governo não quer mais haitianos lá e nos mandou embora.

Eu contei um pouco da minha vida. Como me salvei. O acampamento. A viagem do meu pai. O bom é que não precisava explicar muito porque quem esteve lá no dia do terremoto sabe o que houve depois e entende até o que a gente não gosta de falar.

Conversamos a viagem toda. Conversávamos quando o comandante anunciou que estávamos sobrevoando a Venezuela. Conversávamos quando entramos na Colômbia. E conversávamos quando o chão começou a se enrugar e surgiram os primeiros picos brancos se misturando com as nuvens. Mas daí ela parou o que estava falando e grudou o nariz na janela.

— São os Andes, Jean, olha que lindo! — falou toda animada.

As horas ao lado de Dana, voando sobre mares, cidades e montanhas, falando sobre nossas vidas, foram a parte mais bonita daquela viagem. A parte que eu gosto de lembrar mesmo quando quero esquecer todo o resto.

O resto só veio depois, quando estávamos longe demais para voltar, mas também longe demais de onde devíamos chegar.

O resto começou quando desembarcamos em Quito e aqueles homens estranhos nos cercaram com cara de poucos amigos na saída do aeroporto.

• • •

Muitos haitianos desembarcavam em Quito porque o Equador não exigia visto de entrada, o documento que você precisa ter se quiser ficar na maioria dos países. Mas quase todos querem mesmo é seguir em frente, chegar a outros países com mais oportunidades de trabalho.

A moça e os dois rapazes que viajavam sozinhos disseram "*no, no*" para os homens estranhos e atravessaram sozinhos a rua, desaparecendo na próxima esquina. Mas nós precisávamos de ajuda para chegar ao Brasil. Os pais de Dana também, porque uma coisa é saber aonde ir e outra é saber como chegar lá.

Por isso, não nos afastamos quando eles começaram a falar muito, misturando palavras em espanhol, crioulo e francês. Não consegui compreender a maior parte da conversa, mas percebi que eles pediam dinheiro para nos levar até o Peru. Quando alguém quer tirar dinheiro de você, sempre dá um jeito de se fazer entender.

A essa altura, eu já sabia muito mais do que antes de sair do Haiti. Minha mãe tinha até mostrado nossa rota em um mapa grande dentro de uma livraria do aeroporto.

Era um trajeto diferente do de papai porque aquele não era mais um caminho bom para os haitianos. Mamãe já tinha me falado disso. Então, eu sabia que precisávamos atravessar o Peru para chegar à fronteira com o Brasil. E, como o Peru exigia visto, não dava para entrar assim, de qualquer jeito.

Aqueles homens prometiam nos levar até lá sem problemas. E cobravam caro por isso.

Os pais de Dana logo entregaram um maço de notas para um dos homens. Minha mãe fez o mesmo. Ele colocou o dinheiro rápido no bolso da calça, sem contar. Depois, nos mandou entrar em um carro velho que estava estacionado ali perto.

Descemos diante de um hotel, numa ruazinha estreita e poeirenta longe dali. Era um bom hotel, com colchões macios, lençóis limpos e banho quente. Eu gostei muito de dormir ali, naquele quarto limpo e cheiroso. Só no outro dia, na hora de pagar, vi o quanto aquele conforto havia nos custado. Mamãe arregalou os olhos, hesitou. Acho até que chegou a abrir a boca para dizer algo, mas desistiu.

Os homens pegaram mais dinheiro, nos levaram para a rodoviária e entregaram as passagens. Antes de embarcar, olhei para o bilhete nas mãos de mamãe. Estava escrito: "Quito – Huaquillas".

Depois me disseram que não precisávamos daqueles homens para chegar à fronteira com o Peru. Era só comprar a passagem na rodoviária. Mas quando você está num lugar estranho, não entende a língua e tem medo de errar, acaba fazendo coisas assim.

Mal saímos do ônibus em Huaquillas e fomos cercados.

– *Van a Brasil? Van a Chile? No hay problema, no hay problema* – diziam quase ao mesmo tempo. Mesmo sem entender espanhol, dava para perceber que aqueles homens podiam nos levar para o outro lado da fronteira. Mas eu não queria entrar em outro carro velho com um desconhecido. Preferia viajar de ônibus com uma passagem onde aparecia o nome da cidade em que iríamos descer.

– Por que nossos pais negociam com essas pessoas? – eu perguntei bem baixinho para Dana.

– Porque não podemos passar do jeito legal, Jean. O governo do Peru não vai deixar. Temos de entrar escondidos, sem ninguém ver – ela respondeu, sussurrando também.

Era por isso que aqueles homens estavam ali. Eles prometiam levar as pessoas para o outro lado sem ninguém ver, escondido da polícia, da fiscalização da fronteira. Eram os coiotes, mas esse nome eu só aprendi muito tempo depois. Dali para frente, não daríamos mais nenhum passo sem um deles por perto.

• • •

De novo, minha mãe tirou algumas notas da bolsa e entregou ao homem que parecia ser o líder do grupo. Ele fez um sinal com a mão e um carro amarelo se aproximou. Era um táxi. Colocamos as bagagens no porta-malas, como ele indicou, e entramos todos.

O carro rodou alguns minutos pela cidade. Embora já fosse noite, eu estava um pouco mais tranquilo. Um táxi é sempre mais seguro que um carro qualquer, não é? Mas acho que fiquei tranquilo muito cedo porque o motorista parou logo e tivemos de descer.

Um homem de capuz nos esperava numa esquina mal iluminada. Ele nos mandou andar e andamos. Atravessamos a rua de terra e entramos num terreno baldio, nos afastando dos postes da rua. Passamos por um matagal, descemos um barranco. Estava tão escuro que eu não conseguia ver direito onde estava pisando. Tropecei em algo duro e teria rolado para baixo se mamãe não tivesse me segurado.

Lá embaixo, o chão ficou mole de repente e senti a água molhando a sola dos meus pés. Diante de nós, na penumbra, uma massa grande e escura se movimentava. Percebi que estávamos na margem de um rio.

— Vão – o homem mandou.

"Como assim, 'vão'?", eu pensei.

— Vamos por onde? – perguntou a mãe de Dana. Ele apontou o rio e gritou:

— *Vayan, vayan!*

Mesmo naquelas circunstâncias, entrar em um rio no meio da noite não parecia algo normal. Mas obedecemos.

Minha mãe me disse para tirar os sapatos e segurou a mala acima da cabeça.

— Segura firme meu braço, Jean.

Eu agarrei mamãe com uma mão, a outra segurando o par de tênis. Entramos na água. Era difícil andar. Meus pés afundavam no chão barrento, alguma coisa visguenta enroscava no meu tornozelo. A água foi subindo até chegar ao meu peito. Em volta, eu só via sombras escuras. Talvez fossem pedras, mas também poderiam ser bichos escondidos ou qualquer outra coisa. Tinha medo até de levantar a perna e dar o próximo passo.

Ainda não conseguia enxergar a margem, quando escutei Dana:

— Jean, Jean – ela falava muito baixo, mas percebi que vinha logo atrás de mim.

— Estou aqui, Dana – respondi.

— Que bom – ela sussurrou. – Não pare, vamos conseguir.

Eu não podia me virar e achei melhor não falar mais. Qualquer som poderia chamar a atenção dos policiais da fronteira. Mas não me preocupei mais com as sombras ou com os bichos na água fria. Só me concentrei em chegar ao outro lado.

Saí da água encharcado e tremendo de frio, mas não deu tempo de me enxugar nem de colocar os tênis. Um caminhão pequeno, com cabine branca, já nos esperava com as luzes apagadas e a parte de trás da carroceria aberta. Entramos e o motorista fechou a grade.

Não sei quanto tempo rodamos assim, molhados, sentados no chão gelado, encostados uns nos outros. As laterais da carroceria eram altas, como os caminhões que transportam animais. Acho que era para não sermos vistos por outros motoristas, mas também nos fazia viajar às cegas, sem saber para onde estavam nos levando.

Paramos embaixo de um poste de luz. Alguém abriu a carroceria. Assim que todos descemos, a caminhonete arrancou com aquele ronco forte que o motor faz quando o motorista pisa fundo no acelerador.

Estávamos em uma rua larga em frente ao que parecia ser uma empresa de ônibus. Àquela hora, quase não havia movimento na rua e o guichê de venda de passagens estava fechado.

Procuramos pelo guia ou por outros homens do grupo dele dentro do terminal, em outras garagens, nas quadras próximas.

— Talvez eles venham amanhã — disse o pai de Dana.

— Talvez — respondeu mamãe, mas percebi pelo tom da voz dela que algo estava errado.

Não havia o que fazer. Usamos o banheiro. Trocamos de roupa. Havia alguns lugares para dormir por perto, mas mamãe resolveu economizar dinheiro. Pulamos as grades do canteiro largo do meio da avenida, colocamos as roupas molhadas para secar nos bancos e dormimos ali mesmo, sobre o gramado, esgotados de fadiga.

O sol batia em cheio no meu rosto quando as vozes dos adultos me acordaram. De novo, não haviam encontrado ninguém. O senhor Eric, pai de Dana, conversava com algumas pessoas que estavam numa fila da empresa de ônibus.

O senhor Eric era um homem grande e forte, tinha a cara fechada quase o tempo todo, mas poucas vezes saía do sério. Dessa vez, ele voltou muito bravo.

– Pegaram nosso dinheiro e desapareceram. Desgraçados! – disse ele, quase gritando, com o rosto todo vermelho.

– O que aconteceu? – perguntei, enquanto ajudava mamãe a colocar as roupas que haviam secado de volta na mala.

– Nós pagamos os coiotes para nos levar até Lima – ela respondeu –, mas ainda estamos perto da fronteira com o Equador. Precisamos percorrer 1400 quilômetros para chegar lá.

Ninguém sabia direito o que fazer. Havíamos perdido bastante dinheiro, mas ainda tínhamos o suficiente para comprar outra passagem no terminal e seguir para Lima. Mas minha mãe tinha medo.

– Somos ilegais agora. Eles podem chamar a polícia – disse ela.

Foi a primeira das muitas vezes que ouvi esta palavra: ilegais. Até hoje eu não consigo entender direito o que significa.

Ser ilegal quer dizer que você está fora da lei, mas mamãe e eu nunca fizemos nada de errado. Só queríamos chegar ao Brasil e, para isso, precisávamos passar por um monte de lugares em que não queriam os haitianos. E porque não queriam, mandavam a polícia atrás da gente. Não era justo. Eu acho que devia ser ilegal prender uma pessoa que não faz mal a ninguém, que precisa viajar tanto e atravessar fronteiras só para ter uma casa e comida na mesa.

Mas ficar bravo não resolvia o problema. Os outros concordaram com mamãe. Não podíamos pôr tudo a perder. Enquanto discutiam, um rapaz claro, com um boné vermelho na cabeça, se aproximou.

— *Van a Brasil?* — perguntou sorridente. Nem precisou explicar muito. Já sabíamos o que ele queria.

• • •

Dessa vez, seguimos em frente. Mas "Lima" demorou a aparecer nos bilhetes que os coiotes entregavam para nossos pais nos terminais peruanos.

Percorremos o caminho pedacinho por pedacinho. Nas paradas, sempre havia alguém nos esperando. Entregávamos o dinheiro, a pessoa comprava a passagem e nos indicava o ônibus para a cidade seguinte.

Às vezes, esperávamos horas em algum lugar e aproveitávamos para nos lavar nas torneiras públicas e procurar algo para comer. Comprávamos quase sempre um pedaço de pão ou um pacote de biscoitos e dividíamos entre todos. O dinheiro da minha mãe estava acabando e não podíamos desperdiçar.

Eu e Dana conversávamos menos agora. Mas ela ainda gostava de sentar na janela e passava muito tempo olhando o mar pela janela do ônibus. Numa tarde, quando o sol estava quase sumindo, eu perguntei:

— No que está pensando, Dana?

Ela demorou um pouco para responder. Depois falou, sem tirar os olhos das águas avermelhadas no horizonte.

— Penso no que tem do outro lado desse mar, Jean. É o Oceano Pacífico, sabia? Se você entrar num barco aqui e navegar muito, mas muito mesmo, consegue chegar na China.

Ela era assim. Mesmo quando tínhamos fome ou sede, quando estávamos cansados ou as costas doíam de tanto dormir sentado e do jeito errado. Mesmo assim, minha amiga parecia pensar em algo grande, muito maior do que aquela viagem que, pra mim, já era grande demais.

De algum jeito, eu estava aprendendo com ela. E isso, acho, me ajudou a suportar melhor tudo o que aconteceu depois.

• • •

Lima é uma cidade grande, muito maior que Porto Príncipe. É bonita também, embora a água do mar seja escura e nem de longe tão azul quanto o mar de minha cidade. Mas eu não posso dizer muito sobre como ela é porque não conheci Lima do jeito que os turistas fazem, indo aos lugares mais bonitos.

Do terminal, nos levaram para um quartinho, no segundo andar de um prédio de três pisos. Passamos alguns dias ali, mas saíamos muito pouco, apenas para comprar comida em um mercadinho que havia na esquina.

Todos tínhamos medo dos policiais e dos coiotes. Não dava para confiar em nenhum deles. Em vez de se arriscar, era melhor ficar quieto, deitado nos beliches ou olhando a rua pela janela mesmo não tendo muita coisa para ver lá fora.

Ainda bem que Dana parecia ter voltado ao normal. O normal para ela era falar muito, e eu gostava quando ela falava porque o tempo passava rápido e, quando eu via, já era hora de dormir.

Numa tarde, os homens voltaram com os bilhetes e nos levaram para o terminal de ônibus. No caminho, vi uma praça muito grande, com gramados verdes, jardins floridos e um chafariz. Em volta dela, havia prédios muito antigos, pintados de amarelo, e uma igreja enorme com torres altas.

Era domingo e muitas pessoas passeavam ou conversavam sentadas nos bancos e nas muretas da praça. Lembrei dos Campos de Marte. As praças de lá também ficavam assim, cheias de gente feliz, antes do terremoto.

A longa estrada para Cuzco nos levou para longe do mar. O caminho agora não era mais uma longa linha reta como a que vínhamos seguindo desde a fronteira com o Equador. O ônibus agora andava devagar, ziguezagueando em torno de colinas, povoados e rios de águas claras.

— Estamos subindo a Cordilheira dos Andes — disse mamãe numa das paradas.

Eu me lembrei da longa cadeia de montanhas que vimos do avião e que deixaram Dana tão entusiasmada. De baixo, elas eram ainda mais espetaculares. As encostas áridas e pedregosas, cobertas aqui e ali por capim claro e arbustos baixos, se elevavam umas sobre as outras à nossa volta.

Perto de nós, um grupo de animais diferente de todos os que eu conhecia pastava sem pressa. Eles tinham o pescoço muito longo e a pele coberta de lã muito macia e branquinha.

– São lhamas – explicou o motorista –, usamos a lã delas para fazer roupas quentes.

Eu achei tudo aquilo tão interessante que até pedi para Dana sentar no banco do corredor para eu poder ver melhor as vilas, os precipícios que começavam pertinho da estrada, os picos cobertos de neve no horizonte.

O problema é que, quanto mais subíamos, mais frio ficava. A água escorria pelo vidro e nuvens cobriam tudo de cinza. Mamãe tinha comprado um cobertor de um vendedor de rua em Lima, mas ele era fino demais e eu dormi todo encolhido, torcendo para o sol nascer logo e trazer mais calor para dentro do ônibus.

Quando começou a clarear, a chuva havia parado. Ao longe, vi Cuzco pela primeira vez, espremida no meio das montanhas, com os telhados iluminados pelo sol da manhã.

Eu não me lembro mais de muita coisa dessa viagem. Depois que o tempo passou, vários povoados, ruas e cidades do caminho se embaralharam em minha memória, misturados aos terminais rodoviários, estradas e placas que eu via dia e noite pela janela do ônibus.

Mas não me esqueço de Cuzco.

As mulheres de chapéu e roupas coloridas vendendo frutas, os ponchos e as mantas de lã bordados com desenhos complicados, a música das flautas nas ruas de pedra nunca saíram da minha cabeça. Nas pequenas lojas, vendia-se uma infinidade de objetos de barro, pedra e pano. Pratos, potes, esculturas, colares, bonecas, cestos, roupas. As estatuetas de barro tinham o rosto e as roupas das pessoas que eu via nas ruas. De alguma maneira, todas aquelas cores me lembraram as pinturas e máscaras que eu gostava de ver com Pierre no mercado.

 Andando pelo centro, muitas construções me chamaram a atenção. Pedras grandes e escuras formavam a parte de baixo das paredes. Os tijolos e o cimento se erguiam acima delas, chegando até o teto coberto com telhas de barro. Ao meu lado, um guia de turismo dizia em francês que os colonizadores construíram suas residências sobre as casas dos antigos incas, um povo forte e importante que viveu nos Andes antes da chegada dos espanhóis.

 "No Haiti não restaram nem as pedras", pensei. Quase todos os indígenas foram mortos ou não resistiram às doenças trazidas pelos europeus.

• • •

 Apesar do frio e do corpo doído, estávamos cheios de esperança quando deixamos Cuzco.

 — Vai ser o último ônibus antes da fronteira com o Brasil — disse mamãe.

 Tínhamos rodado algumas horas quando o ônibus diminuiu a velocidade e parou no acostamento. Dois policiais entraram e pediram os documentos de todos os passageiros. Minha mãe e os pais de Dana tiveram de descer. Pela janela, vi que eles estavam discutindo com os policiais no acostamento. Algo não parecia bem.

Pouco depois, todos voltaram para o ônibus e o motorista seguiu viagem. Mas mamãe estava nervosa.

– Precisei entregar quase todo o dinheiro que restava para eles, Jean. Se não pagasse, eles poderiam nos prender e nos mandar de volta para o Haiti.

Mas a polícia não deveria ajudar as pessoas? Você pode estar se perguntando. Eu também pensava assim. Mas naquela viagem ninguém parecia estar ao lado dos haitianos de verdade. Todos só queriam o nosso dinheiro. Por isso, mais do que bravo, eu fiquei preocupado. Como faríamos para passar a fronteira e continuar a viagem no Brasil?

Em Puerto Maldonado, um grupo de coiotes já nos esperava no terminal. O pai de Dana e minha mãe explicaram que não tínhamos dinheiro, que seguiríamos sozinhos a partir daqui. Mas não adiantou. Os homens nos forçaram a entrar num carro e nos levaram a uma espécie de hospedaria.

De todos os lugares onde dormimos, aquele era o pior. A fachada estava tão velha e descascada que nem dava para saber de que cor ela havia sido pintada. Subimos por uma escadinha estreita e escura ao lado de um bar até o segundo piso.

O quarto, com três beliches de madeira, estava imundo, com garrafas e pacotes vazios jogados pelos cantos. Grandes manchas escuras cobriam as paredes e o teto. Um cheiro horrível vinha do banheiro. Até para mim, acostumado a dormir em todo tipo de lugar, aquilo era difícil de aguentar.

Os homens nos deram uma garrafa de água e um pouco de comida num pote de alumínio. Falaram alguma coisa para o pai de Dana que eu não entendi. Ele não respondeu. Depois saíram e fecharam a porta. Ouvimos um "click" na fechadura.

Por uns minutos, não entendi o que estava acontecendo. Mas mamãe levantou rápido da cama onde estava sentada e correu para a porta. Estava trancada. Procuramos por alguma chave na mesinha de madeira, nos pregos velhos da parede ao lado do banheiro, até nos colchões sem lençol, e não encontramos nenhuma. O pai de Dana tentou abrir a vidraça e não conseguiu, estava emperrada. Ele apontou para fora.

— Tem grades aqui — disse, assustado.

Quando a situação é muito estranha, a gente demora ou não quer acreditar. Mas era verdade. Nós estávamos presos naquele quarto. Acho que ninguém dormiu direito naquela noite.

No dia seguinte, eles voltaram. Disseram o que queriam, explicaram as condições. Sem pagamento, não nos deixariam ir embora. Os adultos poderiam telefonar para os parentes e pedir que enviassem o dinheiro. Mas até que eles recebessem o pagamento, eu e Dana não poderíamos sair.

Minha mãe resistiu, não queria me deixar sozinho. Mas nem ela nem os pais de Dana puderam fazer nada. Aceitar o acordo era nossa única chance de sair dali.

— Volto logo, filho. Vou falar com seu pai. Eles só querem o dinheiro — disse ela, tentando me deixar calmo.

Ficar longe de minha mãe naquelas condições era mil vezes mais difícil que atravessar um rio lamacento no escuro, andar como um bicho na carroceria de um caminhão, sentir fome, frio ou qualquer outra coisa. Mas eu não tinha escolha.

Os adultos saíram, acompanhados pelos coiotes, para ligar de um telefone público. Eu e Dana ficamos sozinhos durante horas. No fim da tarde, eles voltaram com um pacote de bolachas salgadas.

— Falei com seu pai, Jean. Ele vai mandar o dinheiro – contou mamãe.

Mas até o dinheiro chegar a Puerto Maldonado demorou bastante. Todos os dias, nossos pais saíam para checar o saldo na agência da cidade. E demoravam a voltar. Acho que os coiotes ficavam com eles por mais tempo do que precisavam para nos deixar ainda mais preocupados.

Eu sentia fome quase o tempo todo porque só aquelas bolachas não eram suficientes para encher a barriga. E sentia muito medo. Medo que eles fizessem mal à minha mãe nas horas em que ficavam fora com ela. Medo que fizessem mal a mim e à Dana, trancados naquele quarto fedido com grades na janela. Medo do que aconteceria se o dinheiro não chegasse.

Uma tarde, logo após nossos pais saírem, ouvimos passos e vozes do lado de fora. Um grupo de homens subia pela escadinha. Falavam alto, riam e cantavam de um jeito estranho. Pareciam estar bêbados.

Olhei para a porta e vi a maçaneta se mover.

— Eles estão tentando abrir — disse Dana, tão baixo que mal consegui ouvir.

Olhamos um para o outro, assustados. Não tínhamos como escapar, nem como pedir ajuda. Ouvíamos ao longe a música animada no bar, mas a janelinha com grades dava para uma parede e ninguém iria nos escutar.

De repente, eles começaram a forçar a porta.

— Abram, abram — gritavam.

Olhei para Dana. Ela parecia congelada, os olhos arregalados, as mãos na cabeça. Seus lábios se moverem sem som:

— *Jezi*!

Pela primeira vez desde que conheci minha amiga no Panamá, vi que ela estava apavorada. Tentei me controlar.

— Calma — eu sussurrei no ouvido dela. — Eles não têm a chave. Vamos ficar bem quietos para pensarem que não tem ninguém aqui.

Ela pareceu concordar, me deu a mão e ficamos assim, juntos e imóveis, encostados na parede do outro lado do quarto, sem tirar os olhos da porta. Depois de um tempo, que pareceu uma eternidade, o barulho parou. Ouvimos os passos de novo na escada, as vozes se afastando.

Dana então começou a chorar. Soluçava alto, os ombros tremiam. Parecia que todo o sofrimento que ela havia guardado tão bem dentro dela brotava agora de uma vez só. Eu a abracei forte. E segurei as lágrimas. Eu queria ser forte e não deixar minha amiga ainda mais triste.

Não contamos nada a nossos pais. Eles já ficavam preocupados demais em nos deixar sozinhos naquele quarto.

Parecia que aquele inferno não ia acabar nunca, mas acabou. No dia seguinte, nossos pais chegaram agitados. Entraram no quarto já colocando as roupas na mala, nos mandando calçar os sapatos.

— Rápido, Jean. Vamos embora daqui — disse mamãe.

Percorremos de carro o último trecho da estrada antes da fronteira. Depois de algumas horas, saindo de uma cidadezinha, o motorista disse:

— Vocês estão com sorte. A ponte está liberada.

Olhei pelo vidro. Passávamos sobre um rio estreito, com águas cor de barro, cercado por arbustos muito verdes e algumas árvores. Olhei para mamãe. Ela estava chorando.

• • •

Chegar ao Brasil foi um alívio, mas o Brasil é muito grande e papai ainda estava longe.

— Entramos pelo Acre, no norte do país — explicou mamãe — e papai mora no sul. Entre os dois pontos, havia uma distância quase tão grande quanto a que percorremos no Peru. A diferença era que agora poderíamos viajar sem coiotes e sem fugir da polícia.

Mas, antes, precisávamos dos documentos.

O taxista nos deixou em um alojamento em Brasiléia, a cidade onde poderíamos pedir a autorização para ficar no país. O galpão estava lotado de haitianos dormindo em colchões. Alguns deles faziam uma fila para pegar comida. Entramos na fila também e uma mulher simpática nos deu pão com manteiga e uma caneca com café com leite.

O visto humanitário saiu alguns dias depois. Com aquele carimbo no passaporte, poderíamos ir para qualquer lugar do Brasil. Mamãe poderia trabalhar. Eu poderia estudar.

Falávamos sobre isso quando o pai de Dana veio com a novidade. Um frigorífico do Rio Grande do Sul estava buscando trabalhadores. Ele havia sido escolhido. Partiriam no dia seguinte.

Eu não sabia onde ficava o Rio Grande do Sul, mas tinha certeza de que não era lá que papai trabalhava.

Como sempre, Dana já havia se informado.

– O Rio Grande do Sul não é tão longe de São Paulo, onde seu pai está. A gente vai dar um jeito de se encontrar – disse ela, mas acho que foi só para me animar porque depois as palavras dela acabaram. E eu já sabia que as palavras de Dana só acabavam quando ela estava triste.

Dessa vez, Dana estava errada. Descobri mais tarde que o Rio Grande do Sul e São Paulo são muito distantes um do outro. Quando estávamos no norte e olhávamos para o mapa do Brasil, parecia que os estados mais ao sul eram todos próximos. Eu e ela vínhamos de um país pequeno. Ainda não tínhamos compreendido o tamanho do Brasil.

Falei com minha amiga pela última vez na rodoviária de Brasiléia. Ela tinha trançado os cabelos como no dia em que a conheci. Com banho tomado e roupas limpas, estava ainda mais bonita. Ela me abraçou, me deu um beijo no rosto.

– Não esquece de mim, Jean.

Era a segunda vez que ouvia essa frase. Vendo Dana subir no ônibus com os pais, me lembrei de Pierre e de Louis. Todos os amigos que eu amava estavam agora em um lugar diferente do mundo. Será que eu veria algum deles de novo?

O motorista manobrou o ônibus para fora do terminal. Ela colocou a cabeça para fora, sorriu e acenou com as duas mãos.

— Tchau, Jean!

Eu acenei também. Tentei sorrir como fiz para Louis. E fiquei olhando para Dana na janela até que ela virou apenas um pontinho e depois sumiu de vez na poeira da rua.

• • •

Pouco tempo depois, eu e mamãe partimos também. Conseguimos uma carona até a rodoviária de Rio Branco, a capital do Acre, e lá pegamos o ônibus para São Paulo. A viagem durou três dias, mas, dessa vez, o ônibus parou poucas vezes e não havia nenhum homem estranho nos esperando.

Atravessamos florestas com árvores muito altas, campos dourados, rios gigantes, plantações que pareciam não ter fim, vilas, cidades grandes e pequenas. Sem Dana para conversar, eu me distraía lendo as placas da estrada: Porto Velho, Cuiabá, Campo Grande, Campinas...

Quando estávamos perto, minha mãe conseguiu ligar para papai. Ele contou que não estava mais morando em São Paulo. Tinha conseguido emprego no Paraná e nos esperava lá.

Mamãe seguiu para o guichê do terminal para comprar a passagem. Lá, eu ouvi pela primeira vez o nome da cidade onde iríamos morar: Curitiba.

• • •

Quando abri os olhos, já estava claro e as pessoas se movimentavam dentro do ônibus, se preparando para desembarcar.

– Estamos chegando, Jean – disse mamãe, abrindo as cortinas.

Eu esfreguei os olhos e vi o ônibus entrando devagar na rodoviária. Era difícil acreditar que aquele era o ponto final da viagem que havia começado tanto tempo atrás, lá em Porto Príncipe.

Fiquei tão ansioso que coloquei os pés do tênis trocados. Mamãe me ajudou com os cadarços, ajeitou a gola da minha camiseta. Depois, olhou para o vidro espelhado da janela, tirou o lenço, arrumou os cabelos. No reflexo, vi seu rosto calmo, um leve sorriso.

Descemos do ônibus em meio ao tumulto de passageiros apressados. Minha mãe pediu a mala para o motorista, mas eu não consegui prestar atenção. Olhava para todos os lados, tentando enxergar no meio daquele mar de cabeças. Por um minuto, com as mãos suadas, o coração pulando no peito, cheguei a pensar: "Ele não veio". Mas aí, de repente, ouvi uma voz mais alta que o burburinho do terminal:

– Jean! Marie!

Do outro lado da plataforma, ele vinha quase correndo, com a cabeça erguida, abrindo espaço entre as pessoas chegando e partindo, as malas, os funcionários da rodoviária. Fazia mais de um ano que não o via, mas não tive dúvidas.

– Pai! Pai! – gritei também, agitando os braços.

Quando ele finalmente nos alcançou, eu não vi mais ninguém. Naquele abraço apertado de saudade, molhado de lágrimas e beijos, só cabiam papai, mamãe e eu.

Papai abriu a porta e acendeu a luz.

— É simples, mas forte e segura — falou animado.

Eu olhei para dentro com curiosidade. A casinha de madeira com teto baixo e sem pintura não se parecia muito com a que eu vinha imaginando desde o Haiti. Mas tinha quarto com cama, cozinha com mesa e cadeiras e um banheiro do lado de dentro. Um pano estampado separava os cômodos bem limpos e arrumados. E era minha primeira casa de verdade depois de muito tempo.

A casa ficava nos fundos de um terreno grande, com várias casinhas parecidas, quase coladas umas nas outras. Para chegar até ela, entramos por um portãozinho enferrujado e percorremos um pátio estreito de terra. Quase todos os vizinhos eram haitianos.

Naquela primeira noite, muitos vieram conversar com mamãe e papai. Eu fiquei quieto o tempo todo, mas prestei bastante atenção e percebi que a vida não era muito fácil também por aqui. Alguns estavam desempregados. Uma mulher foi despedida sem receber o último salário.

— Alguns brasileiros ruins aproveitam que não sabemos reclamar e não pagam todos os direitos do trabalho — disse ela.

Papai estava trabalhando como pedreiro. Não era o que fazia no Haiti, mas, pelo menos, tinha carteira assinada e ganhava um salário mínimo brasileiro. Ouvindo as histórias dos outros haitianos, percebi que isso era muito bom.

No dia seguinte, papai saiu antes de amanhecer. Precisava andar até o terminal, pegar o ônibus e depois andar muito para chegar ao trabalho em uma obra grande, fora da cidade.

Eu e mamãe tomamos café preto com pão e saímos também. Ela precisava tirar a carteira, comprar comida, procurar trabalho e encontrar uma escola para mim.

Vesti minha camiseta azul-escura, que não tinha nenhum rasgo nem parecia tão velha, e minha calça *jeans*. Mamãe disse que eu precisava parecer bem vestido na escola e aquela era a melhor roupa que eu tinha.

Eu estava ansioso e preocupado. Fazia tempo que não estudava, não conhecia ninguém lá e não sabia quase nada da língua que falavam no Brasil. No caminho, lembrei de outra coisa importante.

— Como vamos pagar a escola, mãe?

— Não precisamos pagar, filho. No Brasil, há muitas escolas públicas — respondeu ela.

Fiquei aliviado. Eu já contei que muita gente não estudava no Haiti por falta de dinheiro e estudar era muito importante para nós.

Havíamos andado umas duas quadras, quando ouvi o grito: "Gooooooool". Olhei em volta. Eu estava tão concentrado em meus pensamentos que nem percebi que passávamos ao lado de um campinho de futebol. Era um campo simples, de terra mesmo, mas bem grande. Um grupo de garotos se abraçava, comemorando o gol. Os outros já buscavam a bola no fundo da rede. Perto deles, um homem com roupas esportivas falava alguma coisa.

Lembrei dos campinhos de terra lá de Porto Príncipe. Antes do terremoto, eu fazia muitos gols e os meninos diziam que eu jogava bem. Agora, pela primeira vez em muito tempo, me deu vontade de jogar de novo, de chutar uma bola em um gol de verdade como aquele, com rede e tudo.

Os meninos disputavam a bola levantando poeira no meio de campo. Eu olhava fascinado, com vontade de ficar ali nem que fosse um pouquinho só. Se me deixassem, poderia até jogar um tempo, completar o time que tinha um jogador a menos. Quem sabe...

Mas nós tínhamos coisas mais importantes para fazer e apressamos o passo. Talvez um dia, pensei. Mas quando chegamos em frente ao portão da escola, eu já tinha mudado de ideia. Eu já devia ter virado um "perna de pau", como os brasileiros chamam quem não joga nada. E só passaria vergonha.

Na escola, foi tudo muito confuso no começo. A diretora não falava francês nem crioulo. Nós não falávamos português. Minha mãe tentou se comunicar com algumas palavras em espanhol que tinha aprendido na viagem. Mas a diretora sorria, franzia a testa, balançava a cabeça. Depois de um tempo, ela pegou o telefone e falou alguma coisa. Veio uma moça mais nova, que chamou uma professora que falava algumas palavras em francês.

Enquanto eles tentavam se entender naquela salada de idiomas, eu olhei em volta. A sala tinha paredes brancas e um chão escuro de tacos lustrados. Uma pilha bem organizada de papéis ocupava quase toda a mesa da diretora. Atrás dela, muitos livros enchiam as prateleiras de uma estante baixa.

Na mesinha embaixo da janela, havia um computador com uma paisagem linda de praia na tela de abertura. Areia branca, mar azul, céu mais azul ainda. Eu nunca havia mexido em um computador.

De repente, ouvi um som agudo e longo como o de uma campainha, e um burburinho alto de crianças entrou pela janela aberta. Conversas, gritos, risadas. Olhei para fora. Muitos meninos e meninas brincavam no pátio. Alguns corriam, outros conversavam sentados no chão em pequenos grupos, outros pulavam sobre um desenho no chão. Depois aprendi que aquela brincadeira se chamava "amarelinha".

— Jean — a voz de mamãe me trouxe de volta para a sala da diretora.

— Sim, mãe — respondi rápido quase caindo da cadeira.

— Disseram que você pode começar amanhã — ela falou com os olhos cheios de felicidade. Eu olhei para a diretora todo contente. Ela se aproximou, me deu a mão.

— Bem-vindo, Jean.

Bem-vindo. Foi a primeira palavra que eu aprendi em português.

• • •

Nos dias seguintes, eu mal vi papai. Depois do trabalho, ele começou a fazer serviço extra numa construção perto de casa. Mamãe andava atrás dos documentos e procurava trabalho.

— Pode ser limpeza, cozinha, qualquer coisa — dizia ela para todo mundo que encontrava.

– Mas, mãe, você não pode vender coisas como fazia lá no Haiti? – perguntei um dia.
– Precisamos de dinheiro. E qualquer trabalho é trabalho – respondeu ela sem olhar para mim.
Mamãe não parecia mais preocupada comigo. Eu tinha escola, livro, caderno, lápis e algumas peças usadas de uniforme que a diretora me deu. Uma camiseta com o nome da escola, calça e blusa de abrigo azul. Era o suficiente. O resto eu mesmo tinha de resolver.
No primeiro dia, cheguei bem cedo e sentei numa carteira vazia no fundo da sala, torcendo para ninguém olhar para mim, pelo menos não até eu conseguir falar alguma coisa em português.
Mas antes de a professora entrar, um garoto cabeludo se virou para trás e falou algo bem alto olhando para mim. Não tive muita certeza do que ele disse, mas me pareceu que perguntava meu nome, de onde eu era.
– Jean – respondi – do Haiti.
Devo ter entendido alguma coisa errada porque a sala inteira deu risada e o menino ficou repetindo "Jean, Haiti" até a professora chegar e fazer "shhhhhhh", que no Brasil e no Haiti significa ficar quieto.
No primeiro dia, não entendi quase nada. No segundo também. Ficava horas olhando para ela e para as palavras estranhas no quadro, mas meu pensamento voava, entrava num avião e ia visitar meu primo Louis nos Estados Unidos.
Depois que chegamos a Curitiba, recebi uma mensagem dele pelo celular de papai. Dizia que dividiam uma casa com outros haitianos, estava na escola também e já conseguia

falar e escrever em inglês. E eu aqui mal sabia responder "presente" em português durante a chamada.

No terceiro dia, tive uma ideia. Abri uma página do meio do caderno. No canto esquerdo, fiz o desenho de várias coisas conhecidas: caneta, casa, livro, caderno, maçã, um copo-d'água, bola. Na frente, escrevi o nome de cada uma em crioulo e em francês. Depois, fiz um pontilhado a lápis.

Minha ideia era pedir para a professora Paula — era esse o nome dela — escrever os nomes em português sobre os pontilhados. Mas o mesmo garoto cabeludo que riu de mim na primeira aula viu a página aberta e pegou o caderno sem pedir "por favor". Eu fiquei bem bravo. E se estragasse o caderno? E se a professora depois reclamasse de mim para mamãe?

Mas eu ainda nem sabia falar "devolve". Logo meu caderno estava do outro lado da sala, com um enxame de crianças em volta dele e do garoto. Minha cabeça esquentou, senti vontade de ir lá e dar um murro naquele garoto intrometido, mas eu não me mexi. Vi que eles estavam escrevendo alguma coisa. Pensei no pior. O que falaria para o meu pai quando chegasse em casa com o caderno todo rasurado?

Mas aí o caderno passou de mão em mão e voltou fechado e intacto para minha carteira.

Só mexi de novo nele quando a professora começou a aula e pediu para copiar a matéria do quadro. Folheei o caderno e cheguei à página do meio. Todos os pontilhados estavam preenchidos.

Depois desse dia, tudo ficou mais fácil. O garoto cabeludo se chamava Pedro e virou meu primeiro amigo na escola. Todo os dias, eu aumentava a lista de desenhos e ele completava com as palavras em português. A professora gostou tanto da ideia que até me deu um caderno extra para fazer o dicionário, como ela chamou nosso trabalho. Ela e as outras crianças também gostavam de aprender as palavras em francês e em crioulo. *"Merci, mési*, obrigado", dizíamos. Essas palavras eu nem precisei desenhar.

Mas nem todo mundo era como Pedro e os colegas da sala.

Um dia, quando voltava sozinho para casa, escutei vozes atrás de mim.

— Ei, você, haitiano!

Continuei andando. Se não falaram meu nome era porque não me conheciam e havia dezenas de haitianos só na minha rua. Mas eles continuaram.

— Pare aí, haitiano. Aonde você vai?

Ainda andando, eu olhei para trás. Não devia, mas olhei. Eram três rapazes bem mais velhos do que eu. Eles não usavam o uniforme da escola, estavam bem-vestidos, riam e falavam alto. Eu podia ser novo no bairro, mas não era bobo. Apertei meu material no peito e comecei a correr.

Os rapazes vieram atrás de mim e não demoraram para me alcançar. Um deles me empurrou. Eu caí com o rosto no asfalto. Tentei levantar e pegar os livros e cadernos que haviam se espalhado pelo chão, mas eles me empurraram de novo. Começaram a chutar minhas costas, minha barriga.

— Haitiano burro, haitiano sujo, você não tem sabonete em casa? — gritavam enquanto eu me contorcia no chão, tentando me defender dos pontapés.

Só pararam porque o dono da mercearia, que já me conhecia, correu para a rua e gritou:

— Deixem o garoto ou eu chamo a polícia!

Eles me largaram e saíram correndo. Antes da esquina, pararam de novo e começaram a xingar.

— Haitiano burro, vai embora daqui. Não queremos haitianos aqui — eles gritavam.

Eu cheguei em casa todo sujo e dolorido. Eu não entendia o que tinha acontecido. Não tinha feito nada de errado, não incomodei ninguém, só queria chegar em casa. Fiquei o dia todo chateado, e não era só por causa das manchas roxas no corpo ou das capas dos livros, amassadas e sujas de poeira.

"Burro". Eu sabia que não era burro. Já tinha aprendido muitas palavras e até ajudava mamãe a se comunicar no mercado e na rua. Também tomava banho todo dia e cuidava de minhas roupas. Mas aquelas vozes entraram na minha cabeça e não queriam mais sair.

À noite, papai chegou um pouco mais cedo e jantamos todos juntos na cozinha. Acho que minha mãe viu minhas roupas sujas e contou, ou então ele percebeu que eu estava diferente. É difícil ficar igual quando você foi espancado na rua e sente dor na barriga e na cabeça.

— Está muito quieto, Jean. O que aconteceu?

Papai sempre chegava cansado e eu tentava não trazer mais problemas do que ele já tinha. Mas, dessa vez, eu achei que apanhar na rua e ser chamado de burro era uma coisa importante. E contei.

Ele parou de comer e olhou firme para mim.

— Isso é preconceito, Jean — falou sério, e eu senti que ele estava também um pouco bravo. Fiquei com medo de levar bronca, ficar de castigo.

Mas depois que acabamos de jantar, papai me chamou para conversar na sala. Ele pediu para eu sentar perto dele no sofá, me olhou nos olhos. Era a primeira vez que papai falava assim comigo, de igual para igual.

— Eu preciso te dizer uma coisa muito importante, Jean. Esse tipo de agressão que você sofreu se chama racismo, um tipo de preconceito por causa da cor da nossa pele — disse ele. — É muito triste, mas aqui no Brasil algumas pessoas agridem e xingam os haitianos sem nenhum motivo.

Então ele contou que um pedreiro haitiano, que trabalhava na mesma obra que ele, apanhou tanto que chegou a ficar uma semana no hospital.

— Isso é muito sério, filho. Se alguém te ameaçar ou xingar, você tem que contar para mim, para sua mãe, para a professora da escola, entendeu? Nós não fizemos nada de errado e racismo é contra a lei do Brasil.

Eu entendi o que papai disse. Prometi tomar cuidado e procurar ajuda se acontecesse de novo. O mais difícil era compreender por que a minha pele podia incomodar alguém. No Haiti, a maioria das pessoas é negra e eu nunca havia pensado que alguém podia maltratar o outro por causa da cor da pele.

Em Curitiba, eu já havia visto gente de todos os jeitos. Loiros de olhos azuis, brancos de olhos puxados, negros e morenos com a pele de tantos tons diferentes que nem dá para contar. Por que tinham que mexer comigo?

No dia seguinte, a professora me pediu para ficar na sala depois da aula. Quando todo mundo saiu, ela se sentou na carteira ao lado da minha.

– Sua mãe me contou o que houve ontem, Jean. Como você está?

– Bem – respondi baixinho. Na verdade, eu não estava muito bem. Minhas costas ainda doíam e mamãe precisou me acompanhar até a escola porque fiquei com medo de andar sozinho na rua. Mas não queria dizer tudo isso para ela.

– Infelizmente, Jean, algumas pessoas têm aversão ou ódio aos estrangeiros. Isso se chama xenofobia. Às vezes, é racismo por causa da cor da pele. Outras vezes, é porque acham que os imigrantes vão tirar alguma coisa deles. Ou, então, elas simplesmente não sabem conviver com pessoas diferentes – explicou ela.

Racismo. Preconceito. Xenofobia. Palavras novas que eu não queria precisar aprender. Eu também não quis ficar sem casa, sem comida, ser roubado e preso por coiotes, fugir de um país para outro, deixar meus amigos para trás. Enquanto a professora falava, eu olhei para a janela. Senti saudade dos telhados, do mar azul, das montanhas altas de Bel Air.

– Jean? – a professora me chamou de volta. – Quero que veja isso.

Ela me deu uma foto grande, em preto e branco, enquadrada numa moldura fininha de madeira. A imagem mostrava uma família muito grande, um casal de idosos, vários adultos, crianças, todos com roupas de antigamente.

— É a minha família, Jean. Eles vieram da Itália há muito tempo fugindo da guerra e da fome na Europa. Vieram também alemães, japoneses, árabes, africanos, pessoas de muitos países que tiveram problemas. Eles trabalharam, criaram seus filhos, e seus filhos tiveram filhos aqui. O Brasil hoje é uma grande mistura de todos eles.

Eu fiquei olhando aquela foto antiga um tempo. Depois devolvi o quadro e agradeci. Fui para casa pensando em tudo que a professora tinha me falado. Será que um dia minha família também teria paz?

• • •

Em casa, a situação ficava cada vez mais difícil. Mamãe não conseguia emprego e só o salário do papai era pouco para pagar o aluguel, a luz, a comida e todas as outras coisas.

— Eles não querem me contratar porque não falo português — ela me disse um dia.

Para piorar, havia o frio.

No Haiti quase sempre faz calor. Mesmo quando chove muito, o sol logo aparece e fica quente de novo. Em Curitiba, não. Parece que as nuvens nunca vão embora. Amanhece cinza e anoitece cinza. Muitas vezes cai uma chuva muito fina o dia todo. À noite, sopra sempre um ventinho frio. E ele vai ficando cada vez mais gelado, até não dar mais para ficar do lado de fora.

Eu só tinha o abrigo fino da escola e uma blusa leve que mamãe havia comprado em Cuzco. Eu vestia o abrigo sobre a blusa, mas saía de casa com frio e continuava tremendo na sala de aula.

– Esse frio vai durar muito, Pedro? – perguntei numa manhã. Tremia tanto que não conseguia segurar o lápis direito.

– Ih, nem começou ainda! – ele respondeu dando risada.

Não era engraçado. Passar frio era muito ruim. A pior parte era o banho. Tínhamos um chuveiro elétrico, mas a água não esquentava muito. Tirar a roupa no banheiro gelado era um suplício. Eu só aguentava porque queria chegar limpo e arrumado na escola.

Não tinha jeito. Eu precisava ajudar mamãe a conseguir trabalho. Mas como? No fim da aula, eu procurei a diretora. Ela estava na mesma sala, digitando no computador. Falei "bom dia", pedi licença e perguntei:

– A senhora sabe se tem escola para adulto aprender a falar português?

A diretora parou de escrever, me pediu para sentar.

– Pode ser aqui mesmo – respondeu. E contou que a escola estava formando uma turma para ensinar português para estrangeiros à noite. – Sua mãe será muito bem-vinda.

Bem-vinda. Eu gostava mesmo dessa palavra.

Enquanto ela falava, eu não conseguia tirar os olhos da tela do computador. Em vez da paisagem de praia, ela estava agora cheia de palavras e fotos.

— Você quer aprender a mexer no computador, Jean? — Fiz sim com a cabeça.

— Apareça na biblioteca amanhã à tarde. Tem um computador lá e a professora pode ensinar o básico. Depois, você pode vir mais vezes e usar o computador para fazer as pesquisas da escola — disse a diretora.

Eu respondi "obrigado" em português e fui correndo para casa, feliz da vida.

• • •

Mamãe começou a frequentar a aula de Português todos os dias. Na sala dela, havia, além de haitianos, pessoas de vários países: congoleses, senegaleses, bolivianos, sírios. Enquanto ela estudava com os adultos, eu ia à biblioteca.

A professora me dava livros para eu aprender melhor o português, me ensinava a digitar, explicava como entrar na internet. Quanto tinha um tempinho a mais no computador, eu gostava de navegar até o Haiti. Via as fotos, os vídeos, lia em francês e tentava entender as notícias em português. Quando não conseguia, pedia para outro aluno me ajudar.

Descobri logo que a situação não havia melhorado em meu país. Os haitianos continuavam tentando sair de Porto Príncipe, outros estavam sendo deportados de volta. Desde a minha saída, pouca coisa havia mudado.

Um dia, pesquisando para um trabalho de Arte, encontrei a foto de uma exposição de rua em Porto Príncipe. Vários artistas apareciam ao lado de pinturas, estatuetas e máscaras coloridas.

Já estava quase clicando em "imprimir" quando algo me chamou a atenção. Aproximei a imagem, olhei com cuidado. Era ele. Em um canto da fotografia, olhando para a câmera com um pincel na mão, estava Pierre. Um pouco mais alto e menos magro que antes, mas com os mesmos olhos grandes que eu conhecia tão bem.

Corri para a impressora. Em minha cabeça, outras imagens passavam rápido. Pierre rindo na escola e na loja de arte. Pierre triste, sem pai, vendendo frutas depois do terremoto. Pierre acenando no mercado. "Não esquece de mim, Jean". Não, eu não havia esquecido. Olhando a foto que eu tinha na mão, vi que meu amigo sorria de novo.

No caminho para casa, mostrei a imagem para mamãe. Ela também ficou feliz e me deu outra notícia boa.

— Disseram na aula que tem uma vaga para trabalhar na frutaria aqui da rua. Vou lá amanhã.

• • •

O emprego novo deixou as coisas um pouco mais fáceis lá em casa. Com o adiantamento do salário, ela comprou mais comida, cobertores, blusas e outras roupas novas para mim.

Demorou muito para o frio ir embora. Quando finalmente começou a esquentar, o ano já estava quase acabando. Todos os alunos estavam muito ocupados, preparando os trabalhos para a Feira do Conhecimento da escola.

A professora Paula pediu um trabalho bem especial para minha turma: o Espaço da Integração. Eu e meus amigos montamos uma exposição com objetos, imagens, roupas de vários povos diferentes. Meu caderno com os desenhos e as palavras em português, francês e crioulo ficou aberto na mesa principal. Na parede maior da sala, fizemos um grande painel de fotos.

Estavam todos lá. A família italiana da professora Paula. Os avós alemães do Pedro. A tia indígena de uma colega que morava no Amazonas. Meus pais em nossa loja em Porto Príncipe. Eu e meus colegas. No meio de todos nós, meu amigo Pierre sorria numa imagem bem grande, com um quadro colorido de fundo e um pincel na mão.

Mas ainda faltava alguém. Eu precisava criar coragem. Pedi o celular de papai e tirei uma *selfie* em frente àquele painel tão bonito. "Oi, ainda lembra de mim?", escrevi na mensagem antes de enviar.

Já estava na cama, em casa, quando recebi a resposta. Era ela, num vestido claro com florzinhas vermelhas, cabelo trançado e aquele sorriso lindo. No áudio que veio junto com a foto, escutei: "Jean! Como é que eu ia esquecer de você? Se prepare. Um dia, nós ainda vamos viajar juntos o mundo inteiro."

Dormi com a imagem de Dana na cabeça, o nariz grudado na janela de um avião, sobrevoando o infinito.

Cassiana Pizaia
Sou jornalista por profissão, escritora de coração e inquieta por natureza. Fui produtora, editora e repórter de TV. Pela Editora do Brasil, publiquei, em coautoria, a coleção Crianças na Rede. Também produzo documentários e escrevo sobre viagens, livros e ideias em meu *blog*: <www.aos4ventos.com.br>.

Rima Awada Zahra
Sou psicóloga, especialista em Psicologia Clínica. Tenho experiência de atuação com crianças, adolescentes, famílias e refugiados. Sou colaboradora do Núcleo de Psicologia e Migrações do CRP-PR. Atuo na área de direitos humanos, com ênfase em saúde mental. Sou coautora da coleção Crianças na Rede.

Rosi Vilas Boas
Sou bibliotecária e especialista em Educação. Atuei em bibliotecas escolares, fui produtora de conteúdo digital em portais de educação e sou coautora da coleção Crianças na Rede. Há mais de 40 anos atuo na defesa dos direitos humanos, pela autonomia dos povos e pela paz e solidariedade entre as nações.

Angelo Abu

Nasci em Belo Horizonte há 44 anos. Abu é o apelido derivado do sobrenome do meu bisavô Hachid, que imigrou do Líbano para o Brasil há 100 anos, fugindo das adversidades da época. Como o Jean, ele se adaptou bem e aqui estou, ilustrando uma história como a dele e a de tantos outros que ajudaram a construir o Brasil. Ilustro livros e HQs desde 1995, entre eles a adaptação que fiz do livro *Macunaíma*, de Mário de Andrade, para os quadrinhos (Ed. Peirópolis), em parceria com Dan X. Atualmente, trabalho como diretor de arte em Cinema de Animação e colaboro semanalmente para o jornal *Folha de S.Paulo*.

Este livro foi composto com a família tipográfica The Serif, para a Editora do Brasil, em 2019.